신비가 살아숨쉬는 세상에서

신비가 살아숨쉬는 세상에서

펴낸날   2025년 5월 15일 초판 발행
지은이   황선대
펴낸이   유영일
펴낸곳   올리브나무 출판등록 제2002-000042호
          경기도 고양시 일산동구 정발산로 82번길 10, 705-101
          전화 070-8274-1226, 010-7755-2261
          팩스 031-629-6983   E메일 yoyoyi91@naver.com
          대표 | 이순임   기획 | 유지연

일러스트   김천정

ⓒ 황선대, 2025

ISBN 978-89-93620-96-2 03190

값 18,000원

신비가
살아숨쉬는
세상에서

황선대 지음

올리브
나무

추천사

보이지 않는 하느님의 손길을 고백하다

존경하는 황선대(요한 사도) 총장님의 『신비가 살아 숨쉬는 세상에서』의 출간을 진심으로 축하합니다.

황선대 총장님을 처음 알게 된 것은 2013년 9월, 제가 제천의 배론 성지에서 소임을 할 때입니다. 그해 순교자 성월인 9월 가족과 함께 배론 성지에 순례하러 오셔서 조용히 기도하시는 총장님을 뵙게 되었습니다. 그 후 교수로 연구와 강의를 하고 계신 건국대 글로컬 캠퍼스가 있는 충주로, 총장으로 계신 가톨릭 꽃동네대학이 있는 청주로, 퇴임하신 후에는 서울로 초대해 주셨습니다. 이렇게 자주 뵐 수 있었는데, 뵐 때마다 다방면에 걸쳐 깊이 있는 내용을 쉽게 설명해 주시면서 말씀의

끝에는 체험한 신앙을 들려주셨습니다. 너무나도 소중하고 고마운 시간이었습니다. 이렇게 들려주셨던 총장님의 말씀을 이제 한 권의 책으로 읽게 되었습니다.

총장님은 가톨릭 꽃동네대학 총장으로 계실 때, 학생들에게 "지성·인성·영성·감성 4가지가 겸비된 훌륭한 인재가 되는 것은 나만이 아니라 여러분에게도 평생을 인도하는 나침판과 같은 말이라고 생각합니다."라고 하셨습니다. 이 책은 대부분 지성·인성·영성·감성에 관한 내용으로, 이러한 말씀을 몸소 실천하는 과정에서 나온 것으로 보입니다.

이 책에는 총장님의 부친에 대한 회고, 어린 시절 소풍과 번개 체험, 중학생 때의 실험, 대학 입학, 대학 졸업 후 유학을 준비하던 때 횡단보도 위반으로 파출소에 갔던 경험, 미국 유학 시절 스승으로부터 배운 가르침들, 연구년을 맞아 해외에서 지낸 체험, 총장으로서 대학의 비전을 찾고자 보이즈타운 방문기, 성지 순례기, 퇴임 후 70세를 넘기면서 느낀 점 등이 담겨 있습니다.

이 책에는 30편의 글이 있습니다. 한편 한편의 글은 짧지만, 주제가 의미가 있고 내용 또한 깊이와 무게감이 있기에 30편의 논문을 요약해 주신 듯합니다. 조금만 더 확장한다면 훌륭한 신학 논문이 될 수도 있습니다. 평생을 연구와 강의를 하신 학자로서의 총장님을 볼 수 있습니다.

이 책을 보면 심리학자, 철학자, 사상가, 수학자, 물리학자, 소설가, 사회학자, 심리학자, 작가, 음악가, 시인, 신학자, 영성가, 성서학자의 책과 성서 및 교황 문헌 등을 참조하셨습니다. 다방면에 폭넓은 지식을 갖고 계신 대학자로서의 면모를 볼 수 있습니다.

이 책에 실린 글은 대부분 먼저 성경 구절이나 영성가, 혹은 성인의 말씀을 제시하였습니다. 이론과 개념을 알기 쉽게 제시한 후, 그 이론과 개념의 문제점과 부족한 점을 학자들의 주장을 들어 설명하면서, 성경의 말씀과 교회의 가르침을 제시하였습니다.

또한 일상에서의 체험을 구약과 신약 성경의 말씀으로 연결하고, 원어 성경의 뜻을 쉽게 풀이해 주시며, 놀라운 하느님의 섭리임을 말씀해 주셨습니다. 마지막으로 짧은 기도로 마무리를 하였습니다.

총장님은 "지나온 세월을 돌아보면 어려운 삶의 고비마다 하느님이 제 손을 놓지 않으시고 붙잡아 주셨음이 틀림없다고 확신하고 있습니다."라고 고백하였습니다. 이 책은 총장님이 자주 인용한 아우구스티누스 성인의 『고백록』과 같은 총장님의 "고백록"이기도 합니다.

그동안의 경험과 지혜와 신앙으로 아름다운 책을 쓰신 총 장님께 하느님의 은총과 축복을 빕니다.

2025년 4월

여진천 신부

주님과 함께 살아온 자취

황선대 총장은 제가 30년 전쯤인 1994년 건국대학교에서 일을 함께할 때 무척 아끼던 처장이었습니다. 세월이 한참 지났습니다. 그 후로 건국대학교 부총장을 지내시고 건국대학교를 떠나 가톨릭 꽃동네대학교 총장으로 계시던 동안에도 자주 연락을 주고받으며 교분을 이어왔던 분입니다.

2020년 저를 포함하여 여러 교육계 원로들과 황 총장이 계신 대학을 방문한 적이 있었습니다. 총장께서 직접 대학을 소개하시고 향후 발전 계획에 대해서 장시간 설명해 주셨습니다. 뚜렷한 소명감과 강한 추진력을 느끼며 감동했던 기억이 납니다.

이 책을 읽어보고 그동안 주님과 함께 살아온 흔적을 느끼고 감동하였습니다. 다양한 경험으로 주님을 만난 모습을 책을 통해 알게 되었습니다.

이 책을 통해 많은 분들이 자신의 신앙을 바라보고 함께 느끼는 기회가 되기를 바랍니다.

2025년 4월

전 교육부장관, 건국대 총장 **윤형섭**

"볕이 좋은 날 한번 읽어보세요."

무엇보다 송구합니다. 어른의 글을 아이가 감히 소개하는 격이니 말입니다. 하지만 저는 황선대 총장님을 좋아합니다. 그리고 글쓴이를 닮은 그의 글도 좋아합니다. 사실 이 글들은 익숙한 분들에게는 글보다는 말로 전하고 싶은 내용입니다. 슬그머니 책을 건네며, "볕이 좋은 날 한번 읽어보세요." 하면 딱 좋겠습니다. 황 총장님의 이 글들은, 서로 마음의 거리가 가까운 이들끼리 차를 나누듯, 마음 가는 만큼, 마음이 허락하는 시간만큼 읽기에 좋은 글들입니다. 그래서 멀찍이 떨어진 사람들에게 우리끼리의 즐겁고 진솔한 담소를 나누는 것이 과연 가당한 일일까, 주저하게 됩니다. 이렇게 글로 소개하는 일이

버겁기도 합니다. 그럼에도 불구하고, '우리'라는 범주는 늘 살아서 곁을 허락하는 신비일 것이라 믿습니다. 저는 그런 믿음을 가진 신앙인이기에, "같이 와서 차 한잔하세요." 하는 마음으로 이 글을 소개합니다.

황선대 총장님의 글은 글쓴이처럼 치우침이 없습니다. 보통이라면 그것이 미덕이겠지만, 오늘 우리가 살아가는 세상에서는 오히려 불편한 덕목일 수도 있습니다. 어느 편이든 한쪽 끝에 서서, 반대편을 향해 더 날이 선 말과 글로 환호와 칭송을 끌어내는 것이 일상이 된 '세상'에서, 황 총장님의 이야기는 어느 한 편에 확실히 속한 '우리'에게는 밀쳐두어야 할 이야기일지도 모릅니다.

'때리는 시어미보다 말리는 시누이가 더 밉다.'라는 말이 있지요. 편을 들어야 하는 세상에서, 명확하게 편을 가르지 않는 이는 우두커니 서 있는 것처럼 보이거나, 물러터진 것처럼 보이거나, 도무지 쓸모없는 불편 덩어리로 여겨지기 쉽습니다. 그러나 정작 삶이란, 진짜배기 삶이란, 자랑할 것도, 편들 것도 없이, 그러니까 어쩔 수 없이, 속없이 여기저기 손을 잡으며 이어지는 것이 아닐까요?

서로를 향해 던지는 날이 선 비난 대신, 이도 저도 아닌 채로 편이 뭉개진 언어. 그건 그늘이 반, 볕이 반인 공간이기도

하고, 낮이 반, 밤이 반인 하루이기도 한 이야기입니다. 결국 우리 모두의 삶이란, 정말이지 낮과 밤이 늘 교차하는 그런 하루 아닐까요? 낮도 밤도 서로가 서로의 편일 수밖에 없는.

이 글들이 편을 가르지는 않지만, 그렇다고 해서 '남의 이야기'인 것은 아닙니다. 이야기들은 모두 소담하고 낮은 울타리 안에 하나하나 담겨 있습니다.

돌담, 꽃담, 싸리비담 같은 울타리가 있어, 읽는 이들은 고개를 빼꼼히 내밀고 그 안을 기웃거리는 재미를 느낄 수 있습니다. 황 총장님은 이를 '좋은 울타리'라 표현합니다. 그의 울타리는 남들에게 들어오지 말라며 차갑게 세운 콘크리트 벽이나 가시철망이 아닙니다. 오히려 그의 울타리들은 바깥을 향해 조용히 말을 건넵니다. 말없이 서서 서로의 부서져 내린 울타리를 지탱해주는 마음의 초대. 그것은 황 총장님만의 예의이자, 수줍음이기도 하겠습니다. 울타리는 본래 허물어지고 다시 쌓아야 하는 허술한 자리입니다. 서로의 울타리에 돌을 올려주며 늘 함께 쌓아가는 낮은 담들, 이들이 결국 황 총장님이 나누려는 삶이고, 글이며, 사랑이라 믿습니다.

그렇게, 이야기들에는 '자기'가 있고, 또 '우리'가 있습니다. 그리고 그의 울타리 하나하나에는 성경 말씀이 얹어져 있습니다. 누구라도 집어갈 수 있도록, 주먹만한 작은 돌로 얹어져 있습니다. 그러니 마음에 들면, 슬그머니 자기 울타리 위에 가져다 올려놓아도 좋겠습니다. 그렇게 울타리가 서로에게 말을 전하며, 우리를 이어줄 수 있다면, 그 모습이 참 보기 좋겠습니다.

2025년 4월

예수회 신부 **이근상**

우연을 가장한 필연으로 나를
이끌어오신 하느님

네 마음을 다하여 주님을 신뢰하고 너의 예지에는 의지하지 마라. 어떠한 길을
걷든 그분을 알아 모셔라. 그분께서 네 앞길을 곧게 해 주시리라.
— 잠언 3,5-6

내 인생을 이끌어오신 하느님

어떤 때는 알지도 못하는 길 쪽으로 발을 내디딜 뻔했습니다. 위험한 길에 들어설 뻔하기도 했습니다. 나를 멈추게 한 것이 사회 규범이었는지, 도덕률인지 알지 못합니다. 나의 의지였다고 자만하기도 했습니다. 어떤 때는 뭔지도 모르고 남들이 가는 길 쪽을 쳐다보기도 했습니다. 많은 사람이 열광하고 박수 소리가 나는 그쪽 길로 따라가 보고 싶기도 했습니다. 시간이 지나서야 그쪽은 거짓이고 허상이고 물거품 같음을 깨

닿게 되었습니다. 내가 스스로 깨달은 것이 아니라 옆에 계신 하느님이 깨닫게 해주셨습니다. 아니, 하느님이 깨닫게 해주셨다는 것을 깨닫곤 했습니다. 가르쳐주는 사람도 없었고 혼자서 왼쪽으로 갔다가 또 급하게 반대쪽으로 가보기도 했습니다. 줏대 없이 이쪽저쪽 왔다 갔다 헤맨 적도 적지 않았습니다. 알고 보니 멀리서 가까이서 중심 잡고 넘어지지 않도록 지켜보고 지탱해주는 힘이 있었음을 알게 되었습니다. 안될 것 같은 일들이 여러 번 신기하게 이루어지기도 했습니다. 분에 넘치게 사랑받았음을 느낍니다. 뒤돌아보니 제 발걸음이 이어온 길은 평탄하고 안전한 길이었습니다. 발걸음을 옮길 때마다 하느님의 눈길이 나를 놓치지 않고 때로는 앞에서, 어떤 때는 등 뒤에서, 또 왼쪽에서, 오른쪽에서 내 손을 잡아 주셨습니다.

예외가 없는 법칙

하느님은 인간의 이성과 합리성으로는 상상하기 어려운 절대적인 원리와 질서로 우리가 살고 있는 이 세상을 만드셨습니다. 하느님은 아무렇게나 세상을 만드신 것이 아니고 의도하신 대로 계획적으로 질서있게 모든 창조물이 조화롭게 놓이도록 하셨습니다. 우리 눈에 보이는 것이든 보이지 않는 것이든 모든 것에는 하느님의 창조 질서와 원리가 숨겨져 있고, 이 원리와 질서에 따라 세상 모든 것이 존재합니다. 추기경이자 신학자인 크리스토프 쇤보른(Christoph M. Schönborn, 1945~)은 이렇게 말합니다.

"존재하는 모든 것은 하느님께서 그 존재를 떠받치고 계십니다. 그렇지 않으면 아무것도 존재할 수 없습니다. 그렇다고 해서 모든 것을 존재하도록 떠받치고 있는 이 힘이 물질적인 힘은 아닙니다. 만일 그렇다면 그 힘도 또 다른 힘에 의해 지탱되어야 하겠지요. 존재를 지탱하는 이 힘은 결국 다른 무엇에 의해서도 자신의 존재를 지탱받지 않아야 합니다. 이 힘은 본질적으로 하느님의 속성입니다. 창조주의 근원적인 힘이 만물의 현존을 떠받치고 있을 뿐만 아니라, '창조주의 이 근원적인 작용'이 만물의 작용 또한 지탱하고 있습니다."[1]

저는 이 글을 쓰면서 하느님의 질서와 원리는 예외 있는 법칙(rule with exception)이 아니라, 절대적인 예외 없는 법칙(rule without exception)이라는 평소의 믿음을 더 굳건히 하게 되었습니다. 하느님의 법칙은 만물을 지탱하는 강력한 말씀이며(히브

---

1   Christoph M. Schönborn, 『쇤보른 추기경과 다윈의 유쾌한 대화』, 생활성서, 김혁태 옮김, 2017, p. 117-118.

1,3, "만물을 당신의 강력한 말씀으로 지탱하십니다."), 사도 바오로의 말씀대로 예외 없이 모든 사람 안에서 모든 활동을 일으키고 계십니다(1코린 12,6).

하느님의 법칙에는 예외가 없습니다. 하느님의 창조 질서와 원리는 인간이 만드는 법칙 위에 존재하는 최고의 법칙입니다. 따라서 '예외 없는 법칙은 없다(There is no rule without exception.)'라는 말은 '예외 없는 법칙은 있다. 그것이 하느님의 법칙이다(There is a rule without exception. That is God's law.)'로 겸손히 표현되어야 할 것입니다.

우연을 관통하는 하느님의 섭리 — 필연

이 세상에 그 어떤 존재도 필연적이지 않습니다. 유일하게 필연적인 존재는 하느님뿐이라고 토마스 아퀴나스(St. Thomas Aquinas, 1224~1276) 성인은 말합니다.[2] 철학자 하이데거(Martin Heidegger, 1889~1976)의 표현대로 '나는 존재하지 않을 수도 있었던 그저 우연히 던져진 존재(Geworfenhit, 被投性)'[3]였을지도 모

---

2   『존재와 본질(De Ente et Essentia)』에서 '하느님만이 본질과 존재가 같다.'라고 말한다.

3   Martin Heidegger, 『존재와 시간(Sein und Zeit)』, 동서문화사, 전양범 옮김, 2015, p. 181.

르니까요. 그러나 시편 저자는 피조물을 지탱하는 하느님이 그 힘을 느슨하게 하시면 불안해서 어쩔 줄 몰라 하는 피조물의 모습을 생생하게 묘사합니다(시편 104, 29, '당신이 얼굴을 감추시면 그들은 소스라치고'). 만약 내 존재가 하느님과 아무런 관련도 없다면 하느님이 얼굴을 감추든 말든 내가 소스라치게 놀랄 일도 아닙니다. 여기서 '소스라치다'라고 번역된 히브리어 '이바헤루(יבהלון, panicked)'는 '공포에 빠지다', '깊은 두려움에 떨다', '혼란 상태가 되다'라는 뜻으로, '피조물의 존재 자체가 흔들리다'라는 의미로 해석할 수 있겠습니다. 그러므로 내 존재는 비록 우연적으로 보일지 모르나, 이 존재 역시 단순한 우연이 아니라, 하느님의 섭리(providentia Dei) 안에서 필연적 의미를 가지는 존재임을 알 수 있습니다.

감사의 인사

이 책에서 소개하는 30편의 글은 그동안 모아둔 자료에서 신앙에 관한 부분을 정리한 글입니다. 글의 대부분이 저의 가톨릭 신앙을 바탕으로 쓰여진 것이라, 가톨릭 종교가 아닌 분들은 어떻게 느끼실지 조심스럽습니다. 누구나 자신에게 맞는 옷이 있듯이 가톨릭은 제 몸에 잘 맞고 어울리는 옷입니다.

제가 입고 있는 옷이 다른 분의 옷보다, 또 다른 종교를 가진 분의 옷보다 더 좋거나 어울린다고 자랑할 수 없습니다. 베네딕토 16세 교황님은 다른 종교를 대할 때 지녀야 할 마음가짐을 가르쳐 주셨습니다.

"다른 종교를 가진 사람들의 경험, 그들의 희망, 그들의 열망, 그들의 고난과 걱정도 들어야 합니다. 가톨릭교회는 개종 권유로 성장하는 것이 아니라 매력으로 성장합니다. 정체성과 열린 마음을 가지십시오. 주님께서는 은총을 베푸실 것입니다. 그분을 통해 때로는 마음이 움직이는 사람들도 있을 것이고, 세례를 청하는 이들도 있을 것이며, 때로는 그렇지 않을 때도 있을 것입니다. 그렇지만 언제나 우리 함께 걸어갑시다."[4]

얕은 지식과 부족함으로 이 글을 썼다고 고백할 수밖에 없습니다만, 읽는 분에게 조금이라도 도움이 된다면 더 바랄 것이 없겠습니다.

흔쾌히 출판을 결정해 주신 올리브나무 이순임 대표님과 편집진 그리고 김천정 화백님께 감사드립니다. 항상 곁에서 응원하는 아내 혜명에게 사랑을 전합니다. 이 글을 쓰는 데 큰 힘

•

[4]   세계청년대회(WYD, World Youth Day), 2005. 8. 독일 쾰른.

을 주었습니다. 순신, 순영, 진우, 엘리, 태오에게도 나의 사랑
을 전합니다.

2025년 4월

테라스가 보이는 서재에서

황선대

목차 CONTENTS

제2부 나를 이끄시는 하느님

제3부 오늘, 우리 삶의 자리

제**1**부

경이로운 우주

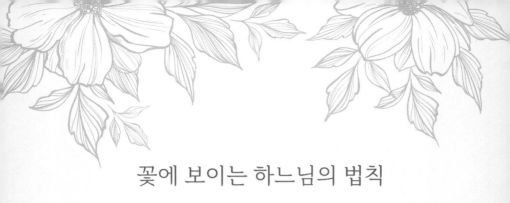

꽃에 보이는 하느님의 법칙

솔로몬도 그 온갖 영화 속에서
이 꽃 하나만큼 차려입지 못하였다.
— 마태 6, 29

하느님의 미소

아버님은 화훼를 전공하신 선생님이셨다. 집에서 꽃을 가
꾸고 돌보는 일이 매일 중요한 일과 중의 하나였다. 우리 집
앞마당에는 여러 종류의 꽃들이 철 따라 피었다. 겨울이 지나
면서 잔디가 새싹을 내기 시작할 즈음이면 이를 신호탄으로
매화, 산수유, 개나리, 영산홍, 철쭉, 수선, 패랭이, 벚꽃, 튤립
이 연달아 꽃망울을 만들었다. 꽃망울을 감싼 여린 주머니가
생기고 차츰차츰 벌어지면서 꽃잎이 비집고 나오는 것이다. 호
기심 많던 어린 시절의 나에게는 날마다 꽃들이 변화되는 모
습을 관찰하는 것이 큰 즐거움이었다.

앞마당에 피는 꽃들의 압권은 뭐니 뭐니해도 장미꽃이었다. 5월 중순쯤 더위가 시작되고 봄꽃들이 시들시들해질 무렵이면 장미는 서서히 그 화려한 자태를 드러내었다. 60년대에는 장미가 지금처럼 흔한 꽃이 아니었다. 아버님은 다양한 장미 묘목을 구하시어 손수 장미밭을 만드시는 데 정열을 쏟으셨다. 장미꽃밭에는 하얀 장미, 노란 장미, 분홍장미, 흑장미를 비롯한 다양한 색깔의 장미꽃과 외래 품종의 장미꽃들이 있었다. 함박꽃만큼 큰 희귀한 품종의 장미꽃도 자라고 있었다.

장미는 이름값을 하는지 진딧물 같은 병해충이 왕성하여 마라치온인가 하는 농약을 희석하여 등에 매는 분무기로 자주 뿌렸던 기억이 난다. 또 때맞추어 지속적으로 전정(剪定)[1]을 해주어야 하는 꽃이라 몇 마디에서 곁가지를 잘라야 하는지, 접붙이기는 가시 마디 어디쯤에서 하는 게 좋은지, 전문적 기술이 필요하다는 것도 그때 알았다.

하느님의 놀라운 지적 설계

중학생 시절의 어느 땐가, 찔레꽃 나무에 장미 순 접붙이기 대실험(?)에 성공을 거둔 나는, 호기심이 생겨나 이 나무 저

---

1   나무나 풀의 가지를 자르고 다듬는 일.

나무에 마구 흠집을 내고 또 다른 접붙이기 실험을 시도해 보기도 했다. '청명(淸明)[2]에는 부지깽이를 꽂아도 싹이 난다.'는 속담을 믿고, 버드나무 부지깽이를 위아래로 번갈아 꽂아본 기억도 있다. 질긴 생명력에 대한 경탄과 함께 자연에는 뭔가 오묘한 법칙 같은 것이 존재함을 느꼈던 것 같다.

거실 창가에 겨울을 힘들게 견뎌온 자주색 사랑초가 무럭무럭 자라 오르고 있다. 사랑초는 어릴 때 본 적이 없는 외래종 꽃이다. 언제부턴가 토종 꽃들보다 외래종 꽃들을 우리 주변에서 더 쉽게 볼 수 있게 되었다. 옆자리에 놓인 바이올렛과 행운목도 모두 외래종 꽃들이다.

사랑초를 자세히 관찰해보면 신기한 점이 한둘이 아니다. 잎이 3개인데, 각기 부채꼴 모양으로 120도씩 배열되어 이등변 삼각형의 완전한 좌우 대칭을 이루고 있다. 신기한 것은 햇빛 방향으로 가느다란 잎을 움직이다가 저녁이 되어 햇빛이 약해지면 마치 파라솔을 접어 들이듯 세모꼴로 잎을 접어 거둔다. 태양 빛의 강도를 감지하는 초고성능 센서와 삼각형의 잎을 구겨짐 없이 접는 초정밀 기계장치가 있지 않고서야 어찌 매일 똑같은 작동을 어김없이 반복하는지 그저 놀라울 뿐이다.

•

2   24절기의 하나로 양력 4월 5~6일 무렵이다.

어디 그뿐인가! 가느다란 잎 속 세포에는 무수한 엽록체 공장이 있어 뿌리에서 가늘디가는 줄기를 지나온 물과 공기 중의 CO_2를 섞고 빛 에너지를 전기 에너지로 전환하여 성장에 필요한 탄수화물을 만들어낸다. 그리고 이를 도로망처럼 구성된 운반 통로를 통해 식물의 각 부분으로 나른다고 하니, 배송 시스템의 정교함에도 감탄할 뿐이다.

사랑초는 햇빛 방향으로 잎을 움직이다가
저녁이 되어 햇빛이 약해지면 잎을 접어
거둔다. 태양 빛의 강도를 감지하는
초고성능 센서가 달려 있는 것 같다.

신비로운 장소

하느님께서 뉴턴을 부르시기 전까지 자연과 자연법칙은 감추어져 있었다.
하느님이 "뉴턴이 있게 하라" 하니 모든 것이 드러나게 되었다.

— 알렉산더 포프[3]

미국 캘리포니아주 서쪽 해안도로를 따라 남쪽으로 내려
가면 산타크루즈라고 하는 작은 도시가 나온다. 이 도시 근처
에 '신비로운 장소(mystery spot)'라고 불리는 곳이 있는데, 이
름 그대로 신비로운 현상을 볼 수 있다고 소문난 곳이다. 지
구의 중력이 작용하지 않아 신비로운 현상이 생긴다는 것이
다. 소문을 듣고 이를 직접 체험해 보기 위해 많은 관광객이 방

•

3 Alexander Pope(1688~1744): 영국의 시인, 작가. 이 구절은 영국 웨스트민
스터 사원 뉴턴의 기념비에 새겨져 있다. 가톨릭 신자였던 알렉산더 포프의
기념비도 웨스트민스터 사원의 스테인드글라스 창문에 삽입되어 1994년 6
월 7일에 공개되었다.

문해 왔다. 홈페이지에는 이곳이 지구 중력을 거스르는 장소 (gravitational anomaly)라고 버젓이(?) 소개되어 있다. 안내자는 수평기를 보여주면서 현재 이곳이 기울어져 있는데, 여러분은 바로 서 있다든가 경사진 곳 위로 공이 굴러간다든가 위쪽에 서 있는 사람이 아래쪽에 있는 사람보다 더 크게 보인다든지 하는 이상 현상을 보여주며 사람들의 환호성을 유도했다.

호기심 반 의심 반으로 안내자가 설명하는 과정을 지켜보면서 필자는 인간이 느끼는 감각이 불완전할 수 있다는 과학적 사실을 다시금 확인하였다. 인간이 감각기관을 통해 느끼는 감각(sensation, 시각, 청각, 후각, 미각, 촉각)은 절대적이지 않고 환경과 상황에 따라 변화하기도 한다. 이는 인간이 불완전하게 창조되었다는 말이 아니라, 인간의 감각기능은 범위와 한계가 주어지게 창조되었다는 뜻이다. 예를 들면, 인간의 시각은 가시광선(약 390~700nm)[4]의 빛만 감지할 수 있고, 이 범위를 넘어선 파장인 자외선, x선, 감마선은 인식할 수 없다. 인간의 청각도 한계가 있다. 초음파나 저음파의 소리는 우리가 듣지 못하는 소리이다. 이처럼 감각기관을 통해 전달되는 정보—인식하기에 완전하거나 혹은 불완전하거나—를 인간의 뇌는 종

---

4   나노미터는 10억분의 1m를 가리키는 단위이다.

"
우리가 살아가고 있는 세상은 모두 하느님이 만드신 법칙에 따라
움직인다. 하늘에 떠 있는 해와 달, 밤하늘의 별의 움직임과
천체의 운행은 일정한 법칙과 질서를 따른다.
"

합적으로 처리하여 판단하게 된다.

예외 없는 하느님의 법칙

'신비로운 장소'는 중력 이상 현상이 나타나는 곳이 아니라, 오히려 감각 이상 현상이 작동하는 장소이다.

뉴턴(Isaac Newton, 1642~1727)이 사과가 땅에 떨어지는 현상을 보고 발견한 중력의 법칙(law of universal gravity)은, 언제 어디서나 예외 없는 '하느님이 만드신 자연의 법칙'이다. 하느님의 법칙에는 예외가 없다. 사과가 수직으로 땅에 떨어지지 않고 옆으로 떨어지는 곳은 지구상에 어디에도 없다. 우리가 살아가고 있는 세상은 모두 하느님이 만드신 법칙에 따라 움직인다. 세상에 전개되는 모든 현상—눈으로 볼 수 있는 자연현상이든 관찰되지 않는 사회현상이든—은 하느님이 만드신 자연법칙과 질서에 따라 전개되는 현상들이다. 하늘에 떠 있는 해와 달, 밤하늘의 별의 움직임과 천체의 운행은 혼돈 속에 흐트러지는 것이 아니라 일정한 법칙과 질서를 따른다.

자연현상뿐만 아니라 사회현상도 그렇다. 가격을 내리면 수요가 증가하고, 공급이 줄어드는 수요공급의 법칙도 정해진 이치이다.

시편 저자는 자연이 어떻게 말을 하지 않고 하느님의 영광을 말하고 있는지 하느님의 법칙을 시적으로 표현한다. "말도 없고 이야기도 없으며 그들 목소리도 들리지 않지만, 그 소리는 온 땅으로, 그 말은 누리 끝까지 퍼져 나가네"(시편 19, 4-5).

하느님이 창조하신 세계는 인간의 언어를 초월하면서도 여전히 우리와 깊게 소통하게 하신다. 하느님의 놀라운 세계(God's amazing world)를 쓴 티하메르 토트 교수는 하느님이 세우신 법칙을 다음과 같이 묘사한다.

"모든 자연과학이 하느님의 생각을 철자로 나타낸 것에 불과하다는 것을 이렇게 명확하게 이해한 적은 없습니다. 헤아릴 수 없는 천체의 광대함은 우리를 압도하고, 눈에 보이지도 않는 미생물의 작음은 우리를 경이로움에 빠뜨립니다. 무한히 크고 무한히 작은 이 두 무한의 사이에 교만이 사라지고 겸손되이 기도 드리는 인간이 서 있습니다."[5]

●

5   Tihamer Toth, *God's Amazing World*, P. J. Kenedy & Sons, Publishers, 1935, p. 121.

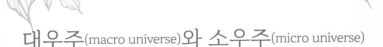

대우주(macro universe)와 소우주(micro universe)

우리는 우주가 하느님의 명령으로 창조되었음을 믿습니다.
따라서 보이는 것은 보이지 않는 것으로 만들어졌습니다.

— 히브 11, 3

무한대의 대우주와 무한소의 소우주

여름날 시골의 밤이 어둑해지면 하나둘 별들이 높은 하늘 여기저기로부터 쉴 새 없이 나타나기 시작했다. 어릴 때 보던 시골 밤의 별들은 아름다웠고, 펼쳐진 우주는 신비로웠다. 뉴질랜드 남섬 여행 중에 보았던 밤하늘도 잊을 수 없다. 하늘의 천장에 마치 형형색색의 보석을 뿌려 붙여 놓은 듯했다. 우리는 누구나 별들의 아름다움에 감탄하고 우주의 웅장함에 압도당한다.

우주는 끝이 없다고 배웠다. 도대체 끝이 없다고 하는 것이 무슨 의미인가. 끝이 없다는 것이 어떤 것인지, 상상하기도 어렵고 믿기도 쉽지 않았다. 인간의 이성으로는 이해되지 않지만 믿을 수밖에 없는 것이 '우주는 끝이 없다'라는 공리(公理)이다. 현재의 과학기술로 우주 관측은 약 930억 광년에 이르는 거리까지만 가능하다고 한다. 과학자들은 이를 '관측 가능한 우주(observable universe)'라고 부른다. 이 범위 밖의 공간이나 거리를 어떻게 이해해야 할지 모르겠다.

'끝도 없는 거리'를 수학기호로는 무한대(∞, infinity)로 표시한다. 다시 말해, 우주는 무한대이다. 프랑스의 철학자이자 수학자인 파스칼(Blaise Pascal, 1623~1662)은 '이 무한한 공간의 영원한 침묵은 나를 두렵게 한다'라고 말했다.[6] 광활한 우주의 압도적 무한함 앞에서 인간 존재의 보잘것없음을 고백한 것이리라.

무한대만 신비한 것이 아니다. 무한소(infinitesimal) 또한 신비하기 그지없다. 무한대가 끝없이 커져 가는 상태라면, 무한소는 끝없이 작아져 가는 상태이다. 예를 들자면 1m 길이를 50cm 둘로 나누고, 또 50cm를 다시 25cm로 나누고, 이처럼 계속해서 나누어 간다고 해도, 길이가 없어지지 않고(수학적으

---

6   *Pascal's Pensées*, Dutton Paperback, section III, 206, Dutton & Co., Inc. 1958.

로 0이 되지 않고) 무한히 작고 다시 더 작게 계속 남는 길이가 있을 것이다. 이를 보면, 무한으로 작은 것들이 모여야 비로소 큰 것이 이루어진다는 사실을 알게 된다.

우리가 사는 세상은 얼마나 작은 것들이 모여져 있는가. 물질을 구성하는 가장 작은 단위가 원자이고, 원자는 원자핵과 그 주위를 도는 전자로 이루어진다. 원자의 크기는 종류에 따라 다르지만, 대략 0.1~0.5나노미터라고 한다. 그리고 원자의 중심체인 원자핵은 훨씬 작아서 크기는 약 1펨토미터 정도라고 한다.[7] 지난 몇 년간 우리를 괴롭혔던 코로나 바이러스는 원자 크기와 비교하면 매우 큰 입자라고 한다.[8] 원자핵을 구성하는 양성자와 중성자는 다시 더 작은 단위인 쿼크(quark)로 쪼개질 수 있다는 사실이 증명되었다.[9]

현재의 물리학으로는 쿼크가 더 작은 입자로 구성되어 있지 않다고 하지만, 어쨌든 쿼크의 크기는 10^{-18}미터 미만으로 현재까지 밝혀진 최소의 입자이다. 놀라운 사실은, 이렇게

7 1나노미터 = 10억분의 1미터, 1펨토미터 = 1천조분의 1미터
8 바이러스의 크기는 다양하지만, 약 20나노미터에서 300나노미터 정도라고 한다.
9 미국의 물리학자 머리 겔만(Murray Gell-Mann)은 쿼크의 존재를 증명한 공로로 1960년 노벨 물리학상을 받는다.

작은 입자들도 마치 태양계 행성의 움직임처럼 어떤 법칙에 따라 질서있게 움직이면서 모든 물체가 그 형태를 갖추도록 균형을 유지하면서 쉴 새 없이 작동한다는 것이다. 너무 거대하여 눈으로는 확인할 수 없는 대우주의 행성, 별, 은하의 움직임이 법칙(중력의 법칙이나 상대성 이론)에 따라 질서있게 움직이는 것처럼, 너무 작아서 눈으로는 확인할 수 없는 소우주의 원자, 전자, 광자의 움직임 또한, 양자역학(quantum mechanics)에서 설명하는 원리로 존재한다는 사실은 신비롭기만 하다.

우주를 찬미함

인간에게 대우주는 언제나 영감의 원천이었다. 광활한 우주와 그 신비함은 예로부터 많은 철학자와 사상가를 매료시켜 왔다. 무한대의 우주는 인간의 세속적인 욕망과 종교적 염원이 모두 향해 가는 곳이었다. 단테(Dante Alighieri, 1265~1321)는 신곡(神曲, La Divina Commedia, The Divine Comedy)에서 천국(paradiso)을 아홉 겹의 하늘로 묘사하고, 그 너머를 하느님의 영역인 최고의 천국, 최고천(empireo)으로 불렀다. 영국의 시인이자 신비가인 윌리엄 블레이크(William Blake, 1757~1827)는 그의 시 '순수의 전조(Auguries of Innocence)'에서 소우주의 경이로움을 찬미하면서 무한소에서 무한대를 찾고자 하는 염원을 노

대우주의 행성, 별, 은하의 움직임이 법칙에 따라 질서있게
움직이는 것처럼, 너무 작아서 눈으로는 확인할 수 없는
원자, 전자, 광자의 움직임 또한, 양자역학에서 설명하는
원리로 존재한다는 사실은 신비롭기만 하다.

래했다.

> 모래알 하나에서 세상을 보고
> 한 송이 들꽃에서도 천국을 보고
> 손바닥에서 무한을 품고
> 순간에서도 영원을 품어 보세요.

> To see a World in a Grain of Sand
> And a Heaven in a Wild Flower
> Hold Infinity in the palm of your hand
> And Eternity in an hour.

블레이크의 이 유명한 구절은 대우주가 가장 작은 사물 안에서 발견될 수 있다는 것을 암시하며, 소우주의 심오한 아름다움과 중요성을 강조한다.

거대한 예루살렘 성전을 세우면서 하느님께 영광을 돌리는 솔로몬 왕의 순종에 하느님은 기뻐하신다. 그리고, 예수님을 향한 신실한 마음과 믿음을 가진 가난한 과부의 작은 헌금에도 기뻐하신다. 신학자 조엘 그린(Joel B. Green, 1956~)은 하느님의 인간에 관한 관심과 축복을 사회적인 거시적(macro) 차원

과 우리의 작은 행위도 소중히 여기시는 미시적(micro) 차원으
로 설명하고 있다.[10]

있는 그대로의 나의 모습을 사랑하시고, 내가 하는 미약한 일에
도 축복하시는 나의 하느님, 영광 받으소서. 아멘.

---

10 Joel B. Green, *The Theology of the Gospel of Luke*, Cambridge
    University Press, 1995.

소리의 신비

큰 물소리 같기도 하고 요란한 천둥소리 같기도 한 목소리가
하늘에서 울려오는 것을 들었습니다.
— 묵시 14, 2

소리로 말씀하시는 하느님

소리는 물체의 진동으로 생겨나는 자연의 현상이다. 물체가 진동하면 동시에 주변의 공기 입자가 진동하고 우리의 귀가 이 진동을 감지하면서 소리로 해석한다. 물질이 부딪혀 그 진동으로 소리가 나오므로 소리는 모든 물질을 만드신 하느님의 작품이다.

하느님은 우리가 들을 수 있도록 직접 말씀하시는 하느님이시기도 하다. 창세기 1장 3절에 처음으로 하느님이 소리로 하시는 말씀이 나온다. 하느님께서 '빛이 생겨라' 말씀하시자 빛이 생겼다고 적혀 있다. 해당 히브리어 성경의 '말씀하다'를 뜻하는 '아마르(אמר, Amar, speak)'는 '말하다'라는 동사로, 실제 언어적 행위(spoken word)를 일컫는 말이다.

사무엘기 상권 3장에서도 말씀하시는 하느님의 모습을 볼 수 있다. 하느님께서 사무엘에게 말씀하시자 소년 사무엘은 아버지 엘리 제사장이 부르는 줄 알고 세 번이나 확인한다. 그리고 사무엘은 대답한다.

"하느님 말씀하십시오. 당신 종이 듣고 있습니다."

소리를 만드신 하느님

우리는 귀로 소리를 듣는다. 인간은 귀를 통해 들려오는 소리로 자연의 신비와 연결된다. "태초에 말씀이 있었다."라는 성경 말씀은 태초에 소리가 있었다는 말과 같다. 처음부터 소리는 존재했었다. 인간은 처음부터 존재한 소리를 들을 뿐이다. 들려오는 소리를 들을 뿐이다. 어떤 소리든 소리는 인간이 만들어내는 것이 아니다. 인간은 소리를 찾아가는 것이다.

비가 올 때 들리는 비의 소리와 바람이 불면 들리는 바람소리도, 자연이 가진 빗소리와 바람소리의 극히 일부분이다. 폭풍우와 함께 쏟아지는 빗소리는 세차고 힘차지만, 봄밤에 살며시 내리는 빗소리는 숨죽인 소리이다. 파도가 철썩일 때 나는 소리, 번개가 치고 어디에선가 달려오는 천둥소리, 산불

아우구스티누스는 무작위적인 소리가
음악가를 통해 아름다운 노래로 바뀌는
비유를 들면서, 형태가 없는 공허를
조화로운 우주로 바꾸는 하느님의 질서
행위를 통한 우주의 창조를 설명한다.

이 나면 나무가 타면서 자작거리는 소리도 있다. 사자와 호랑이가 포효하는 소리, 새벽이면 홰를 가르는 닭 울음소리, 아기가 태어나면서 내는 첫 울음소리도 이미 존재한 소리였다.

어릴 때 비 오는 날 시골 들판에서 보았던, 내려치는 번개는 신비함과 신기함 그 자체였다. 번개는 천둥소리를 내면서 친다. 저쪽 먼 하늘에서 번쩍하는 순간, 번개의 섬광이 비치고 그로부터 하나, 둘, 셋, 넷, 몇 초를 세면 어김없이 우르르쾅 하는 천둥소리가 몰려온다. 소리가 1초에 약 340m를 달리므로 번개가 친 곳은, 여기서부터 340m 곱하기 '천둥소리가 들리는 데 걸린 시간'만큼의 장소라고 셈해 보기도 했다.

모든 사물은 제각기 자신만의 소리를 가졌다. 다른 사물의 소리를 흉내 내기는 하지만, 정확히 그 사물의 소리를 낼 수는 없다. 인간의 언어로는 자연의 소리를 표현하지 못한다. 수탉의 울음소리를 문자 언어로든 음성 언어로든 사람들이 다르게 표현해내고 있다는 것은, 자연의 소리를 인간이 묘사할 수 없다는 방증(傍證)이다.[11]

●

11 예를 들면, 수탉의 울음소리를 우리는 꼬끼요, 영어를 쓰는 사람들은 코커두들두(cock-a-doodle-doo), 일본은 코케콕코(こけこっこう), 프랑스는 코코리꼬(cocorico)로 표현한다.

소리와 노래

아우구스티누스 성인은 소리와 노래의 관계를 들어, 하느님을 향한 그의 믿음과 신학적, 철학적 사상을 은유적으로 표현한다.[12] 노래는 틀(form, 형상)이 잡힌 소리다. 노래가 존재하기 위해서는 소리가 필요하지만, 소리 자체는 노래가 아니다. 즉, 사물이 틀을 갖추지 않고서도(unformed state) 존재할 수는 있지만, 틀을 가질 수 없는 것은 존재할 수 없다. 그는 무작위적인 소리(random sounds)가 음악가를 통해 아름다운 노래로 바뀌는 비유를 들면서, 형태가 없는 공허(formless and empty)를 조화로운 우주(harmonious cosmos)로 바꾸는 하느님의 질서 행위를 통한 우주의 창조를 설명한다.[13]

내 존재의 의미는 하느님의 창조 때 이미 정해졌음을 믿습니다. 아멘.

●

12 St. Aurelius Augustinus(354~430), 『고백록(The Confessions)』, 12권 29장.
13 창세 1,2 참고.

피보나치 수열과 하느님의 질서

수학은 하느님이 세상을 기록할 때 사용한 언어이다.

— 갈릴레오 갈릴레이[14]

피보나치 수열

누구나 꽃의 아름다움에 매료된다. 이름도 모르는 들꽃에서부터 셀 수 없이 많은 꽃들은 각자의 모습으로 피어나고 저마다 아름다움을 뽐낸다. 꽃들은 모두 아름답다. 솔로몬의 가장 아름다운 노래로 일컬어지는 아가(雅歌, Song of Solomon)에서 화자(話者)인 여자는 자신의 아름다움을 자랑하면서 자신을 꽃

●

14   Galileo Galilei(1564~1642): 이탈리아의 과학자, 철학자, 천문학자, 물리학자. "Mathematics is the language with which God has written the Universe."

이라고 말한다.[15] 사물의 아름다움이나 인생의 영화(榮華)를 말할 때 사용되는 가장 대표적인 표현어(表現語)가 '꽃'이다.

그러나 꽃의 아름다움은 색깔이나 모양에만 있는 것은 아니다. 꽃에는 규칙적이고 질서 있는 일정한 패턴, 하느님이 만드신 신비함이 있다. 많은 과학자들은 꽃의 아름다움과 그 속에 숨겨진 신비함에 오랜 동안 천착해 왔다.

피보나치 수열(sequence)은 무한(無限) 수열의 각 자리 수가 앞의 두 숫자의 합으로 이루어지는 수열을 말한다. 예를 들면 1, 1, 2, 3, 5, 8, 13, 21, 34, 55…로 이어지는 숫자의 나열에서 세 번째 수 2는 앞의 두 수 1과 1을 더한 것이고, 여섯 번째 수 8은 앞의 두 숫자 3과 5를 더한 수이다. 피보나치 자신은 식물과 관련된 수열의 연관성을 제시한 바 없지만,[16] 많은 식물의 꽃잎의 수, 씨앗의 회전 배열, 잎과 가지의 배열이 피보나치 수열을 따른다는 사실이 발견되었다.

19세기 후반 독일 수학자 가우스(Carl F. Gauss, 1777~1855)는 어떤 식물, 예를 들면 데이지와 해바라기 꽃잎에서 3, 5, 8,

●

15 "나는 사론의 수선화, 골짜기의 나리꽃이랍니다"(아가 2,1).

16 이탈리아 수학자 피보나치(Leonardo Fibonacci, 1170~1250)는 토끼의 번식이 일정한 규칙에 따라 증가함을 발견하고, 이를 수열의 형태로 설명하고자 하였다. 19세기 프랑스 수학자 루카스(E. Lucas)에 의해 피보나치의 수열로 불리게 되었다.

13의 순서적 배열이 나타남을 관찰하였고, 영국 옥스퍼드대학 식물학자 처치(A.H.Church, 1865~1937)도 해바라기 씨앗의 배열에서 시계방향과 반대 방향으로 씨앗의 나선형 회전 배열이 피보나치가 제시한 수열을 따른다는 사실을 발견하였다. 이 밖에도 식물과 꽃의 모습에서 피보나치 수열을 발견한 많은 실증적 연구가 있다.

말레이시아 국립대학에서 연구년을 지낸 시절, 열대우림 트래킹을 하면서 세상에서 제일 큰 꽃이라고 알려진 라플레시아(Rafflesia)를 구경할 기회가 있었다. 라플레시아는 말레이시아의 지폐에 그려져 있고, 인도네시아에서는 국화(國花)로 사랑받는 꽃이다. 모든 꽃들이 꿀과 향기로 벌과 나비를 불러 모으는데 반해, 라플레시아는 고약한 썩은 냄새로 파리와 해충을 유인하는 꽃이다. 수풀 속에 몇 개월 동안 봉오리를 숨겼다가 이틀 정도 피고 사라지는 꽃이라 때맞추어 보기가 쉽지 않다.

원주민을 따라 꽃이 발견된 숲속으로 들어가서 20링깃[17] 정도의 관람료를 지불하고 라플레시아 꽃을 구경했다. 라플레시아 꽃에서도 창조의 신비와 오묘함을 느꼈다. 장미꽃과 라플레시아는 둘 다 다섯 장의 꽃잎으로 피보나치 수열을 따른

●

17   ringgit. 말레이시아 화폐 단위. 20링깃은 2025년 현재 6,500원 정도.

다. 그러나 한 꽃은 향기로 벌과 나비를 부르고, 다른 한 꽃은 썩은 악취로 벌레와 해충을 부른다. 장미는 섬세한 모양과 화려한 색깔로 전통적인 아름다움을 나타내지만, 라플레시아는 투박한 꽃잎과 엄청난 크기로 다양성과 독특함을 보여준다.

피보나치 수열이 모든 식물의 꽃잎에서 관찰되는 것은 아니다. 그러나 많은 꽃들과 씨앗의 배열에서 피보나치의 질서가 발견된다는 사실은 경이로울 정도이다. 나머지 꽃잎들, 피보나치 수열로 설명되지 않는 꽃들은 더 큰 하느님의 법칙에 따라 피어났을 것이라 확신한다. 왜냐하면 어떤 꽃들도 제멋대로 자신의 꽃잎 수를 결정하거나 마음 내키는 대로 꽃잎을 펼쳐내지는 않을 것이기 때문이다. 꽃잎의 모양과 수는 꽃봉오리가 그 속의 암술과 수술을 보호하고 햇빛과 물과 영양분을 효율적으로 활용되는 최적의 구조, 즉 하느님이 정하신 질서에 따라 나타나는 것이다.

하느님의 질서 ─ 황금비율(Golden Ratio, 1.618)과 황금각도 (Golden Angle, 137.5˚)

기원전 300년 그리스 수학자 에우클레이데스는 하나의 선분을 분할할 때 두 선분 길이를 합한 전체 길이에서, 작은 길이의 큰 길이에 대한 비율과 큰 길이의 전체 길이에 대한 비율

꽃의 아름다움은 색깔이나 모양에만
있는 것은 아니다. 꽃에는 규칙적이고
질서 있는 일정한 패턴, 하느님이
만드신 신비함이 있다.

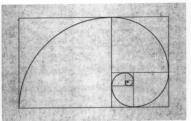

달팽의 나선 구조는 피보나치 수열과 관련된 황금 나선을 따른다.

이 같아지게 하는 기하학 문제를 다루었다.[18] 이후 이 비율은 무리수 1.618임이 밝혀지고, 황금비율이라 불리게 된다. 에우클레이데스는 이 비율에 대해 기하학적 정의를 제공했을 뿐 안정성이나 미학적 특성을 설명한 바는 없지만, 이 황금비율은 고대 그리스 시대부터 완벽한 조화를 상징하는 비율로 여겨졌고, 많은 건축물과 회화, 조각 등 예술작품에 적용되어 왔다.

피보나치는 에우클레이데스보다 1천 년도 더 지난 뒤 태어난 사람이다. 피보나치가 고안한 수열에서 연속되는 두 수의 비율이 극한으로 가면 황금비율 1.618과 같아진다는 놀라운 사실이 발견되었다. 그뿐만 아니라 이 황금비율은 꽃잎이 펼쳐지는, 아름다운 모습도 설명해 주는 신비한 숫자이다. 장

●

18 『에우클레이데스의 원론(Euclid's Elements)』, 제6권 30번 명제. 에우클레이데스(고대 그리스어: Εὐκλείδης, 기원전 300년경) 또는 영어식 이름으로 유클리드(영어: Euclid).

미 꽃잎이 필 때는 먼저 황금비율에 따라 펼쳐질 공간이 정해지고, 피어나는 꽃잎들은 순서에 따라 일정하게 정해진 각도, 즉 황금 각도인 137.5도를 유지하면서 나머지 공간에서 펼쳐진다고 한다.[19] 황금 각도는 피어나는 꽃잎들이 햇빛에 가장 잘 노출되고 꽃이 필 공간이 최적으로 활용되도록 정해주는 각도라고 한다. 하느님의 창조의 전능함과 그 신비에 감탄할 뿐이다.

만물을 만드시고 질서를 세우신 하느님, 영광 받으소서. 아멘.

---

19 황금 각도는 꽃잎이 피는 공간을 작은 부분과 큰 부분으로 나눌 때 1:황금비율이 되고, 전체 부분과 큰 부분의 비율은 황금비율의 역수:1이 되는 137.5도이다.

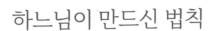

하느님이 만드신 법칙

거대한 미지의 바다 앞에서 나는 부드러운 조약돌이나
더 예쁜 조개 껍질을 찾으려고 하였다.

— 아이작 뉴턴(1643~1727)

현상을 밝히기 위해서는 도구가 필요하다는 말이 있다. 눈에 보이는 자연현상이든 눈에 보이지 않는 사회현상이든 우리가 사는 세상에는 간단하게 설명되거나 쉽게 이해되지 않는 복잡한 현상들이 많다. 오래전부터 인간은 복잡한 현상을 이해하고 설명하기 위하여 체계적으로 사고하고 논증하는 방식을 발전시켜 왔다. 현상에 접근하는 도구를 우리는 이론(theory)이라고 부르기도 하고, 모델(model), 때로는 법칙(law)이라고도 부른다. 우리는 이론으로, 때로는 모델이나 법칙이란 이름으로, 신비하고 복잡한 현상을 설명하고 앞으로 일어날 일을 예측해 보기도 한다.

대학원 시절, 국제경제학 시간에 경제학의 대가인 차홀리아데스(Miltiades Chacholiades, 1936~2022) 교수님이 설명한 이론에 대한 기억이 새롭다. 수업 시간에 유럽에서 온 한 학생이 학교에서 배우는 이론이 현실과 맞지 않는다는 불만 섞인 질문을 했던 것이다. 그때 교수님은 이렇게 답하셨다.

"세상은 너무 복잡해서 이론이라는 도구가 없으면 접근조차 할 수 없다. 이론 없이 현실을 설명하고 예측하는 사람을 우리는 점쟁이라고 부른다. 소문난 점쟁이가 있다면 아마도 그는 혼자만의 이론이나 모델 같은 것을 가지고 있지 않을까?"

이론, 모델, 법칙의 차이

이론과 모델 또는 법칙은 우리가 현상을 설명하거나 예측하고 또 이해하는 데 필요한 도구들이다. 이들 셋은 서로 연관되어 있지만 사용되는 목적과 개념상으로 볼 때 차이가 있다. 이론과 모델과 법칙의 차이를 간단히 살펴보자.

이론은 일련의 증거와 데이터를 바탕으로 이들 사이에서 규칙성을 발견하고, 이를 통해 현상을 설명하려는 시도이다. 이론은 현상을 지배하는 기본 원리와 메커니즘을 설명한다. 이에 비해 모델은 현상을 단순하게 축약된 형태로 표현하려는 시도라고 볼 수 있다. 복잡한 현상을 단순하게 표현하려

> 하느님의 법칙은 실체의 본질이고
> 궁극적이며 변하지 않는 진리이다.
> 반면 인간이 만드는 이론과 법칙,
> 모델은 나타난 현상을 이해하고
> 설명하려는 시도일 뿐이다.

는 것이므로, 모델은 보통 새로운 개념으로 현상을 단순히 설명하거나 수학적인 방법으로 현상을 축약시키기도 한다. 법칙은 주어진 조건에서 어떤 현상이 일관되게 나타나는가를 규명하려는 시도이다. 따라서 법칙은 일반적으로 반복적인 관찰이나 실험을 통해 도출된다. 비슷비슷한 개념이긴 하나, 이론은 현상을 설명하고, 모델은 표현하며, 법칙은 묘사한다고 할 수 있을 것이다.

이론, 모델, 법칙 — 인간의 미완의 노력

세상에 완벽한 이론이나 모델이나 법칙은 없다. 이론은 새로운 이론으로, 법칙은 새로운 법칙으로 항상 새로운 버전으로 발전되고 있다. 새로운 버전도 또 다른 증거와 데이터를 통해 검증되고 계속해서 수정된다.

뉴턴의 운동법칙은 고전 물리학의 기초를 놓은 위대한 법칙이지만, 빠른 속도로 움직이는 물체의 운동을 설명하는 데는 한계를 보였다. 물체가 빛의 속도에 가까운 속도로 움직이면 질량이 증가하고 시간이 팽창하는 효과를 설명하지 못했다. 아인슈타인의 '상대성 이론'은 운동하는 물체의 질량과 시간과 공간의 상대적 개념으로 뉴턴의 운동법칙의 한계를 극복하지만, 그렇다고 아인슈타인의 이론이 모든 물체의 운동 현상을 설명하지는 못한다. '상대성 이론'으로는 양자 수준의 운동이나 블랙홀이나 빅뱅과 같은 특이점을 설명하지 못한다.

모델의 경우도 마찬가지다. 1990년 경제학자 샤프 교수는 주식시장 움직임을 예측하는 '자본 자산 가격결정 모델(Capital Asset Pricing Model: CAPM)'을 개발한 공로로 1990년 노벨 경제학상을 수상하였다. 이 모델은 금융자산의 기대 수익률과 위험의 관계를 설명하는 모델로서 금융 분야에서 널리 사용되었다. 그러나 위험과 수익률, 시장 효율성 간의 선형 관계를 가정하고 실제 주식시장의 복잡한 현실을 반영하지 못한다는 한계를 보이게 된다. 이후 더 많은 시장의 변수를 고려한 여러 모델이 등장하였고, CAPM 모델은 더 많은 변수를 추가하여 한층 설명력 높은 모델로 발전하게 된다.

하느님이 만드신 원리와 질서

하느님은 아무렇게나 세상을 만드신 게 아니다. 인간의 이성으로는 상상하기 힘든 절대성을 띤 원리와 질서로 온 우주와 우리가 사는 세상을 펼치셨다. 하느님의 창조 질서와 원리는 인간이 만드는 어떤 이론이나 법칙, 모델 위에 존재하는 최고의 법칙이다. 이를 '하느님의 법칙'이라고 부르도록 하자.

하느님의 법칙은 실체의 본질이고 궁극적이며 변하지 않

는 진리이다. 반면 인간이 만드는 이론과 법칙, 모델은 나타난 현상을 이해하고 설명하려는 시도일 뿐이다.

창세기 1장을 보면, 하느님은 우주로부터 인간에 이르는 순서로 창조를 진행해 가시면서, 단계마다 "하느님께서 보시니 좋았다(God saw that it was good)."라고 하셨다고 한다. 하느님이 스스로 창조 질서의 완전성을 기뻐하시는 모습을 보여준다. '좋았다'(good)는 히브리어 성경에서 토브(טוב, tov)라고 나오는데, 토브는 단순히 창조물이 '외관상 좋고 아름답다'는 의미뿐만 아니라 '목적에 충실하다'라는 의미 또한 지니고 있다. 즉, 하느님은 스스로 설계하신 세상이 전체적으로 조화와 질서가 완전하고 기능적임을 확인하시고, 창조가 의도한 하느님의 목적에 부합한다는 의미를 띠고 있다. 이런 의미에서 하느님의 법칙은 근본적인 실재일 것이고, 인간의 이론은 그 현실에 대한 가장 근사한 근사치일 것이다.

사랑

다 이루어졌다.
Cosummatum est. It's finished.
— 요한 19, 30

인간의 사랑

인류 역사상 사랑이란 말처럼 많이 사용되고 있는 말은 없을 것이다. 우리의 일상 대화에서 사랑(love)이라는 단어는 가장 빈번하게 언급되는 100개의 동사 가운데 하나로 알려져 있다. 이들 100여 개 동사 중에서 동작이나 행위를 표현하는 말을 제외하고, 말하는 사람의 감정이나 생각, 느낌 등을 나타내는 말, 즉 문법적으로 상태동사(stative verb)라고 하는 단어 중에서는 사랑이라는 말이 가장 많이 사용되고 있다고 한다. 사랑 다음으로는 열망하다(adore), 감사하다(appreciate), 필요하다(need), 미워하다(hate) 등의 순으로 나타났다.[20] 이처럼 우리는 일상에서 사랑이라는 말을 가장 많이 사용하지만, 화자(話者)가 사용하는 사랑의 의미는 천차만별이다.

사랑에는 에로스(Eros), 아가페(Agape), 필리아(Philia), 스토르게(Storge)의 네 가지 유형이 있는 것으로 알려져 있다. 사랑이 이처럼 네 가지 유형으로 구분된 데에는 고대 그리스인들의 철학적인 사고(思考)와 문학적 표현에 기인한다. 고대 그리스 철학자 플라톤(Plato, BC 428~BC 348)의 『심포지엄(향연, Symposium)』을 보면, 등장 인물들이 사랑의 신 에로스(romantic love)에 관해 논쟁한다. 플라톤의 제자 아리스토텔레스(Aristotle, BC 384~BC 322)는 『니코마코스 윤리학(Nicomachean Ethics)』에서 다양한 형태의 사랑을 탐구하고, 특히 필리아(Philia)를 강조하는 장면이 나온다.

이처럼 고대 그리스인들이 사랑의 유형을 나누고 분석의 틀을 제시한 이후부터, 많은 사상가들이 사랑의 개념을 다양한 방식으로 확장하면서, 사랑의 의미가 한층 더 풍부하게 되었다.

●

20 https://www.linguasorb.com, https://www.learnenglishteam.com

하느님의 사랑

아우슈비츠 수용소에서 다른 사람을 대신해서 죽음을 택한 콜베(Rajmund Kolbe, 1894~1941) 신부가 보여준 사랑의 실천은 감동적이다. 오래전 일본 신오쿠보역에서 선로에 추락한 취객을 구하고 목숨을 잃은 이수현(1974~2001) 군의 행동도 잊을 수 없다. 물에 빠진 자식을 구하기 위하여 바다로 뛰어드는 어머니의 행동도 사랑으로밖에 설명할 도리가 없다. 분명 사랑은 고통과 죽음의 공포를 넘어서는 고귀한 가치임이 틀림없다. 예수님은 "친구들을 위하여 목숨을 내놓는 것보다 더 큰 사랑은 없다."(요한 15, 13)라고 말씀하셨다.

하느님의 인간에 대한 사랑은, 네 가지 인간의 사랑이 지닌 한계와 부족함을 모두 채우고 모든 유형의 사랑을 포괄하는 최고의 가치를 지닌 사랑이다. 하느님의 인간을 향한 사랑은 심오하며 신비롭고 때로는 불가사의하기까지 하다. 하느님의 사랑 방식은 초월적이며 우리가 이해하기가 어려울 때가 많다. 인간의 죄를 없애기 위해서 자신의 아들의 목숨을 희생하는 하느님의 사랑은 완전하고 절대적이며 사랑의 정점이다. 그 사랑은 어떤 상황에서 갑자기 발현된 것도 아니며, 사라지고 나타나는 일시적 감정도 아니다. 하느님의 사랑은 예수님의 죽음을 통해 인간의 죄를 없애겠다고 처음부터 계획된 것이

> 인간의 죄를 없애기 위해서 자신의
> 아들의 목숨을 희생하는 하느님의 사랑은
> 완전하고 절대적이며 사랑의 정점이다.

고, 예수님이 모든 것을 다 소진하며 죽음을 통해서 마침내 이루고자 했던 사랑이다. 예수님은 십자가에서 마지막 숨을 거두시면서 "다 이루었다."라고 말씀하신다.

사랑의 길

사도 바오로는 코린토1서 13장에서 사랑이 어떤 선행이나 다른 덕목보다 중요함을 강조하면서, 어떻게 사랑해야 하는지 구체적으로 사랑의 길을 제시한다. 바오로가 묘사한 사랑의 길은 우리가 사랑에 대해 말할 때마다 빠짐없이 인용되는 부분이기도 하다. 사랑의 본질과 중요성, 사랑의 영원성을 묘사한 바오로의 코린토1서 13장은 지금 여기에서 우리가 하고 있는 사랑의 모습을 시시때때로 비추어 보아야 하는 거울이다.

내가 인간의 여러 언어와 천사의 언어로 말한다 하여도 나에게 사랑이 없으면 나는 요란한 징이나 소란한 꽹과리에 지나지 않습니다. 내가 예언하는 능력이 있고 모든 신비와 모든 지식을 깨닫고 산을 옮길 수 있는 큰 믿음이 있다 하여도 나에게 사랑이 없으면 나는 아무 것도 아닙니다. 내가 모든 재산을 나누어 주고 내 몸까지 자랑스레 넘겨준다 하여도 나에게 사랑이 없으면 나에게는 아무 소용이 없습니다. 사랑은 참고 기다립니다. 사랑은 친절합니다. 사랑은 시기하지 않고 뽐내지 않으며 교만하지 않습니다. 사랑은 무례하지 않고 자기 이익을 추구하지 않으며 성을 내지 않고 앙심을 품지 않습니다. 사랑은 불의에 기뻐하지 않고 진실을 두고 함께 기뻐합니다. 사랑은 모든 것을 덮어 주고 모든 것을 믿으며 모든 것을 바라고 모든 것을 견디어 냅니다. 사랑은 언제까지나 스러지지 않습니다. 예언도 없어지고 신령한 언어도 그치고 지식도 없어집니다. 우리는 부분적으로 알고 부분적으로 예언합니다. 그러나 온전한 것이 오면 부분적인 것은 없어집니다. 내가 아이였을 때에는 아이처럼 말하고 아이처럼 생각하고 아이처럼 헤아렸습니다. 그러나 어른이 되어서는 아이 적의 것들을 그만두었습니다. 우리가 지금은 거울에 비친 모습처럼 어렴풋이 보지만 그때에는 얼굴과 얼굴을 마주 볼 것입니다. 내가 지금은 부분적으로 알지만 그때에는 하느님께서 나를 온전히 아시듯 나도 온전히 알게 될 것입니다. (1코린 13,1-12)

토머스 머튼

관상은 인간의 지적이며 영적인 삶의 최고의 표현입니다.[21]
Contemplation is the highest expression of
man's intellectual and spiritual life.

— 토머스 머튼

가톨릭의 뛰어난 영성가로 불리는 토머스 머튼(Thomas Merton, 1915~1968)은 트라피스트 수도회 가톨릭 수사로, 짧은 생애에도 불구하고 그의 삶과 영성적 업적은 많은 사람들에게 깊은 울림을 주고 있다. 토머스 머튼의 자전적 소설인 『칠층산(The Seven Story

---

21   Thomas Merton, *New Seeds of Contemplation*, New Directions, 1972, p. 1.

Mountain)』은 성 아우구스티누스의 『고백록(Confessions)』에 비견되는 신앙고백서로 평가받는다. 그는 많은 저서와 평론, 시, 편지 등을 남겼는데, 그의 작품을 통해 나타나는 구도적 삶의 자세와 하느님을 향한 깊은 영적 갈망은 많은 사람들을 감동시키고 변화시켰다.

종교의 차이를 떠나서 베트남의 틱낫한(Thich Nhat Hanh, 1926~2022) 스님이나 가톨릭의 헨리 나우엔(Henri J. M. Nouwen, 1932~1996), 안셀름 그린(Anselm Grun, 1945~) 신부님 등 우리들에게 친숙한 영성가들이 많지만, 토머스 머튼은 20세기의 가장 영향력 있는 가톨릭 영성가 중 한 분으로 꼽힌다. 토머스 머튼은 관상(contemplation)을 통해서 참된 자아를 인식하고 궁극적으로는 하느님과 내적으로 일치하는 것이, 개인에게 주어지는 영적 도전이자 목표라고 말한다. 머튼은 수도자들의 전유물처럼 여겨져 왔던 전통적인 관상의 개념을 하느님의 사랑을 실천하는 보편적이고 구체적 개념으로 그 영역을 확대한 영성가이다. 그래서 토머스 머튼의 위대한 점은 관상을 대중화, 현대화시킨 것이라고 말하는 이들이 많다.

2015년 미국을 방문한 프란치스코 교황은 미 의회 합동 연설에서 미국의 가치를 형성하는 데 이바지한 네 명의 미국인 중 한 명으로 토머스 머튼을 들며 이렇게 말했다. "토머스 머

토머스 머튼은 관상을 통해서 참된 자아를 인식하고 궁극적으로는 하느님과 내적으로 일치하는 것이, 개인에게 주어지는 영적 도전이자 목표라고 말한다.

튼은 무엇보다 기도하는 사람이었습니다. 그는 시대의 확실성에 도전하였고, 영혼들과 교회를 위해 새로운 지평을 연 사상가였습니다. 또 그는 민족들과 종교들 사이에서 평화를 증진하는 대화의 사람이었습니다."[22]

학계에서도 토머스 머튼의 사상과 영성에 대한 관심이 매우 커졌다. 우리나라에서도 머튼학회가 결성되어 그의 영성과 그가 남긴 시, 소설, 평론, 에세이 등에 대한 연구가 진행되고 있다.[23]

토머스 머튼의 지성, 영성, 그리고 감성

지성, 영성, 감성은 인간을 동물과 구별하는 중요한 인간의 품성이자 한 사람을 다른 사람과 구별 짓는 개인적 특성을 형성하는 요인이다. IQ(지능지수, Intelligent Quotient)가 높고 지성적인 듯한 사람도 공감 능력이나 정서적 이해가 부족하여 매사 차갑고 냉정하다는 평가를 받는 경우가 있다. 또 어떤 사람

●

22 2015년 9월 24일 교황 프란치스코 미 의회 합동 연설문에서.

23 머튼국제학회(ITMS The International Thomas Merton Society). 제18차 총회가 2023년 6월 22일부터 25일까지 인디애나주 사우스벤드의 세인트 메리 칼리지에서 열렸으며, 제19차 총회는 2025년 6월 19일부터 22일까지 콜로라도주 덴버의 레지스 대학교에서 열릴 예정이다. 국내에서도 2016년 토머스 머튼 학회가 창립되어 활동 중이다.

은 감성적이고 감정이입에 매우 뛰어나나 논리적 추론이나 이성적 판단이 부족하다는 평을 듣기도 한다. 이런 사람은 상대적으로 EQ(감성지수, Emotional Quotient)가 발달한 사람으로 볼 수 있다.

우리가 바람직한 인간이라고 말할 때는 이 세 가지 품성, 즉 지성, 영성, 감성이 골고루 발전한 균형 잡힌 모습을 그려볼 수 있을 것이다. 심리학자 조하(Danah Zohar)와 마셜(Ian Marshall)은 인간의 인식을 구성하는, 흔히 IQ로 표현되는 지적 능력과 EQ로 표현되는 감성 능력 외에 영적 지능(Spiritual Intelligence)인 SQ가 있다고 주장한다. SQ는 IQ와 EQ 모두에 필요한 기초이며 우리의 궁극적인 지능(ultimate intelligence)이라고 말한다.[24]

영국의 심리학자 그리피스(Richard Griffiths)는 영성과 지성, 감성간의 관계를 보다 구체적으로 함수관계로 표현하기도 한다. 그에 의하면 영성의 수준은 영성지수 SQ=P(IQ+EQ)의 함수관계에 있다.[25] 여기서 P는 한 개인의 현재 상태(presence)를 말하는 것으로, 개인의 영성은 현재 상태에서 그의 지적 지능과

●

24   Danah Zohar and Ian Marshall, *Spiritual Intelligence: The Ultimate Intelligence*, Publisher: Bloomsbury Paperbacks; New edition(January, 2001).

25   Griffiths, R. https://sqi.co/definition-of-spiritual-intelligence/

정서적 지능이 발휘될 때 나타난다는 것을 암시한다.

토마스 머튼은 깊은 영성과 감성, 그리고 지성의 소유자였다. 머튼의 영성은 그의 뛰어난 지성과 지적 능력, 그리고 그의 작가로서의 풍부한 감성과 심미적 능력(aesthetic ability)의 영향으로 더욱 높은 단계로 이행하게 되었다고 생각된다.

바오로 사도가 코린토 신자들에게 보낸 첫 번째 편지에서 말씀했듯이, '우리의 몸은 하느님의 성전'이고 '하느님의 영이 우리 안에 계신다'. 토머스 머튼은 우리 마음을 비우고 정화하여 우리 안에 계시는 예수님의 사랑, 하느님의 영으로 사는 관상적인 삶, 영성의 길을 제시하였다고 할 수 있을 것이다.

영성에 대하여

하느님은 모든 것을 때맞추어 만드시고
인간의 마음에 영원을 두셨다.

— 코헬 3, 11

인간은 영적인 존재

2023년 1월, 투르키예-시리아 접경지역에서 큰 지진이 발생하여 많은 건물이 파괴되고 수만 명의 사람이 목숨을 잃는 불행한 사건이 발생하였다. 구조대가 생존자 발굴에 애쓰는 구조 현장의 모습과 피해 상황을 뉴스로 접하면서, 비록 다른 나라에서 일어난 일이지만 우리 일처럼 안타까워했고 그들이 겪는 고통과 슬픔을 함께 느꼈다. 지진이 발생한 지역 가운데 시리아 국경 지역은 고립된 지리적 상황과 오랜 반군의 활동 지역으로 구조활동이 미치지 못하는 최악의 지역이었다.

이곳에서 상당한 시간이 경과한 후 기적적으로 잔해더미

에서 구조되어 나온 한 남성이 한 말은 우리에게 진한 여운을 남겼다. 그가 잔해더미에서 빼어져 구출되면서 처음으로 한 말은 이랬다. "우리는 정부로부터 어떠한 도움도 받지 못했다. 음식도 물도 전기도 아무것도 없었다. 오직 신의 도움 말고는 아무것도 없었다." 그는 가족도 집도 모든 것을 잃었지만 자신이 믿는 신을 말했으며 여전히 신에게 의지하며 감사하고 있었다.

인간에게는 영적인 본성이 있다. 동물은 생존을 위한 본능뿐이지만, 인간은 영혼을 가진 영적인 존재(homo spiritualis)이다. 성경에는 "하느님은 모든 것을 때맞추어 만드시고 인간의 마음에 영원을 두셨다"(코헬 3, 11)라고 씌어 있다. '인간의 마음 속에 영원(αἰών, eternity, timeless)을 두었다.'라는 말은 영원, 즉 '절대성의 하느님이 사람의 마음에 있다.'는 말이다. 태어나서 자란 고향이 우리의 마음속에 있기 때문에 언제나 그립고 다시 가보고 싶듯이, 인간은 본능적으로 하느님을 그리워하고 가까이 가고 싶어 하고 하느님으로부터 위로받고 싶어 하고 닮고 싶어 하는 영적인 본성을 가지고 태어난다.

기독교가 생겨나기 훨씬 전인 고대 그리스 시대의 철학자들, 예를 들면 플라톤(Plato)은 인간의 영혼(프쉬케, ψυχή)은 죽음 이후에도 존재하는 불멸성을 가지며, 인간은 신성한 존재(divine nature)와 연결되고 싶어 하는 내재적 열망이 있다고 말했다. 또 독일 철학자 칸트(Immanuel Kant)는 인간은 신에 대한 믿음으로 나아가는 자연적 성향을 지니고 태어난다고 하였다.

20세기 후반에 등장한 실존주의(實存主義, existentialism) 철학자 사르트르(Jean-Paul Sartre, 1905~1980)는 유명한 "실존은 본질에 앞선다(existence precedes essence)"라는 문구로, 인간의 본성은 존재하지 않으며 개인 스스로의 자유로운 선택과 행동으로 인생의 의미와 목표를 발견해 간다고 말한다. 하지만 인간은 의자와 같은 물건과는 다른 존재이다. 영적 본성을 가진 존재로서, 자신의 존재에 대해 스스로 의문을 가지는 존재이다.

내가 왜 생겨났고 나는 누구이며 어디로 가는가 등, 본질에 대한 물음은 자연스러운 것이며 이에 대한 해답을 찾는 노력을 기울여 갈 때 비로소 우리의 실존 자체는 의미를 지닌다. 신에 대해 애써 외면하거나[26] 무신론적 입장을 가졌거나[27] 아니면 회의적인 생각을 가진 사상가들도[28] 인간에게는 종교적 성향이 있음을(선천적이든 후천적이든) 부인하지는 않는다.

●

26 사르트르(Sartre)는 '인간의 본성은 자유이며 종교는 자유를 부정하는 하나의 방식'이라고 말한다.
27 러셀(Bertrand Russel)은 '종교는 인간이 가진 공포와 미신의 산물이다.'라고 주장한다.
28 루소(Rousseau)는 종교를 사회제도의 산물로 보고, 니체(Nietzsche)는 종교가 문화의 산물이며 인간을 통제하는 수단으로 생겨났다고 말한다.

> 태어나서 자란 고향이 우리의 마음속에 있기 때문에
> 언제나 그립고 다시 가보고 싶듯이, 인간은 본능적으로
> 하느님을 그리워하고 가까이 가고 싶어 하고
> 하느님으로부터 위로받고 싶어 하고 닮고 싶어 하는
> 영적인 본성을 가지고 태어난다.

영성과 신앙, 믿음

지성과 지식이 자주 비슷한 의미로 함께 사용되는 것처럼, 영성이란 단어도 신앙, 믿음이란 말과 함께 자주 사용되고 있다. 영성은 간단하게 정의하기 매우 어려운 개념일지도 모르겠다. 왜냐하면 많은 사람들에게 영성은 각자 다른 의미로 이해되고 있고, 자신이 믿는 종교에 따라 영성에 관한 생각도 다를 수 있기 때문이다. 더욱이 영성이란 말은, 이 말이 붙은 용어들이 우후죽순처럼 생겨나면서 그 개념이 갈수록 혼란스러워지는 느낌이 든다. 요가와 명상, 심리 치료에도 영성이란 말이 등장하고, 비종교적인 영역, 예를 들면, 시민운동과 사회단체의 활동에도 영성이란 말이 자주 애용(?)되는 듯하다. 수도자도 아니며 신학을 전공하지도 않은 내가 영성에 관해 얘기하기가 매우 조심스럽긴 하지만, 가톨릭 신자로서 부족한 신학적 지식의 범위 내에서 영성을 얘기하고 있음을 먼저 밝히고자 한다.

영성은 '신령스러운 품성이나 성질'이라고 사전적으로 정의되어 있다. 앞에서 인간은 너나없이 영적인 본성이 있다고 하였다. 영성은 각자에게 내재된 영적인 본성이 발현되어 하느님에 대한 사랑이 그 사람의 삶에서 구체적으로 나타나고 형성되는 모습이라 생각된다. 우리가 뛰어난 영성가들을 흠모하고 존경하는 이유는 그분들이 경험하는 신비한 체험 때문이 아니라, 하느님의 사랑을 실천해 가는 그들의 신앙과 삶의 모습에서 발견되는 그들의 영성 때문일 것이다.

우리들 각자의 인생 여정은 하느님의 사랑으로 충만하고 기쁨으로 가득 찬 '영적으로 충만한 상태(spiritual consolation)'와 영성이 겨우 본능 수준에 머물러서 메말라 있는 '영적 메마름 (spiritual desolation)' 사이를 쉼 없이 오가는 과정이라고 하지만, 나의 경우 대단히 부끄러운 수준에 머물고 있다고 고백하지 않을 수 없다.

제
2
부

나를 이끄시는 하느님

삶과 보물찾기

사실 너희의 보물이 있는 곳에 너희의 마음도 있다.

— 루카 12, 34

숨겨놓은 하느님 찾아서 행복한 나

어린 시절, 학교 소풍은 누구에게나 즐거운 추억이다. 선생님이 소풍 날짜를 공표하시면 소풍 날까지는 기다림과 설렘의 시간이 이어진다. 소풍 날의 클라이맥스는 단연 보물찾기 놀이다. 어머님이 싸주신 도시락을 먹고 노래자랑과 게임이 끝나면 마지막은 언제나 보물찾기 놀이였고, 이로써 그날 소풍은 절정에 이르게 된다.

선생님의 힘찬 호루라기 소리와 함께 모두 총알처럼 사방팔방으로 휘저어 보물을 찾아 달려 나간다. 곧바로 '찾았다'는 흥분에 찬 함성소리가 들려온다. 한쪽에서는 그루터기 밑

동 아래에 숨겨진 번호표를 어렵사리 찾아내고는 명탐정이라
도 된 듯 우쭐대기도 한다. 그러나 시간이 흐르면서 함성소리
는 점점 줄어든다. 처음 소풍 마당을 휘몰던 '찾았다'라는 흥
분의 소리는 잦아들고, 여기저기 두리번거리는 맥 빠진 모습들
만 남게 된다.

그런데 이상한 일은, 보물찾기가 시작될 때 허둥대며 내달
려 먼 곳부터 뒤지곤 하지만, 정작 가까운 근처에 있는 보물은
놓치기 일쑤라는 것이다. 발밑의 작은 돌멩이, 의자 밑에 숨겨
놓은 보물 종이는 가까운 근처를 살피는 누군가를 처음부터
기다리고 있었던 것이다.

행복은 가까운 곳에

이해인 수녀의 '가까운 행복'이란 시에는 이런 구절이 있다.

......

상상 속에 있는 것은

언제나 멀어서 아름답지

그러나 내가 오늘도 가까이

안아야 할 행복은

바로 앞의 산

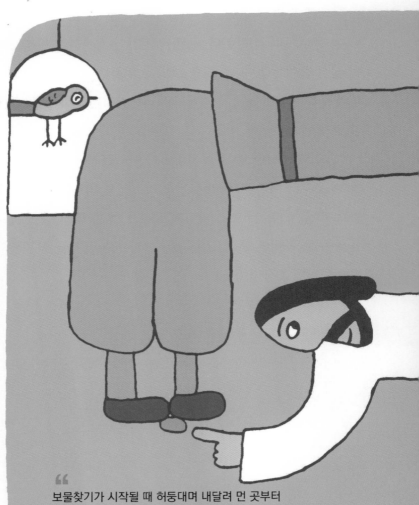

보물찾기가 시작될 때 허둥대며 내달려 먼 곳부터
뒤지곤 하지만, 정작 가까운 근처에 있는 보물은 놓치기
일쑤였다. 발밑의 작은 돌멩이, 의자 밑에 숨겨 놓은
보물 종이는 가까운 근처를 살피는 누군가를 처음부터
기다리고 있었던 것이다.

바로 앞의 바다

바로 앞의 내 마음

바로 앞의 그 사람

......

행복은 멀리 있는 것이 아니라 내 주위 가까이에 있음을 다시 생각나게 해주는 시다. 우리에게 친숙한 '파랑새' 이야기도 행복은 가까이에 있다는 주제를 담은 동화다. 주인공 남매는 행복을 상징하는 파랑새를 찾아 여기저기 다니지만, 결국엔 자신들이 키우는 새장 안의 비둘기가 바로 파랑새였다는 사실을 깨닫게 된다.[1]

하느님은 어디에나 계시는 하느님이시다. 예레미야는 하느님이 온 우주에 계심을 찬양했다. 그는 예레미야서 23장 23-24절에서 '먼 곳의 하느님이며 가까운 곳의 하느님, 어디에서나 우리를 지켜보고 계시는 하느님'이라고 말한다. 하느님의 무소부재(無所不在, God's omnipresence)함은 시편 139장 다윗의 시에 아름다운 시적 표현으로 나타나 있다. 하느님은 우리

•

1   벨기에 작가 모리스 마테를링크(Maurice Bernard Maeterlinck, 1862~1949)의 작품. 1911년 노벨 문학상을 수상하였다.

가 있는 어디에나 존재할 뿐만 아니라, 우리를 축복하고 고난 속에서는 위로를 주시는 분임을 말해주고 있다.

우리의 삶은 내 바로 주위에, 내가 밟고 있는 작은 돌멩이 밑에 숨겨진 보물을 발견해내는 기쁨, 그 보물찾기가 아닐까. 가까운 것, 가까이 있는 것의 소중함에 대해 새삼 생각하게 된다. 사랑이신 하느님은 셀 수 없는 행복을 우리 주위에, 내가 걸어왔던 길에, 내가 지금 걸어가는 길에, 내가 장차 가려는 길에 숨겨 놓으셨다.

거친 파도를 넘고 지친 노를 저어
저녁노을이 물든 항구로 나는 돌아오네.
바람은 고요하고, 물결도 잔잔하네.
지나간 시간에 머물지 않으리.
지나간 것에도 연연치 않으리.
내게 가까이 있는 모든 것에 감사할 뿐이네.

인생이라는 오케스트라, 지휘자는 하느님

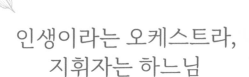

오 하느님, 우리의 모든 잘못은
우리의 눈을 당신께 고정하지 않아 생겨난 것입니다.
O Lord! all our ills come from not fixing our eyes on Thee.[2]

— 아빌라의 데레사 성녀

오케스트라와 지휘자

오케스트라(orchestra)는 여러 악기들을 연주하는 연주자들의 집합이다. 오케스트라에는 많은 악기가 등장한다. 현악기, 목관악기, 금관악기, 타악기 등 악기를 망라할 정도로 많은 악기가 사용되고, 이들 악기는 저마다 정해진 자리에 배열된다. 같은 종류의 악기군(群)에도 음색을 달리하는 다양한 악기가 있다. 예를 들면, 현악기군(群)에는 제1바이올린, 제2바이올

---

2   아빌라의 데레사 성녀, 『완덕의 길(The Way of Perfection)』, Benedictines of Stanbrook, Thomas Baker, London, 1919, CH 16. 8. p. 94.

린, 비올라, 첼로, 콘트라베이스 등이 등장하고, 이들 악기들에는 음역에 따라 각자 다른 역할이 주어진다. 오케스트라가 연주하는 곡을 심포니(symphony, 교향곡)라 부르는데, 심포니는 쉼포니아(συμφωνία), 쉼포노스(σύμφωνος)라는 그리스어에서 나온 말로, '조화롭다'라는 뜻을 가진 말이다. 각자 다양한 소리를 가진 많은 악기가 함께 어우러져 조화로운 소리를 만들어내는 것이 오케스트라이다.

오케스트라에는 지휘자가 있다. 지휘자를 뜻하는 conduc-tor는 '동행하며 길을 이끌다'라는 라틴어 conducere에서 유래된 말이다(conducere는 '함께'라는 의미의 접두어 com과 '이끌다'를 뜻하는 ducere가 결합된 말이다).[3]

지휘자를 말할 때에는 이탈리아어인 마에스트로(maestro)라는 단어도 자주 사용한다. 마에스트로는 명지휘자를 부를 때 쓰는 존칭으로, 라틴어 마기스터(magister)에서 연유된 말이다. 마기스터는 영어 master의 어원이기도 하며 우두머리, 스

●

3 이탈리아의 스피라 미라빌리스(Spira Mirabilis)와 프랑스의 르 디소넝스(Les Dissonances)는 특정한 프로젝트에서 지휘자 없이 연주하는 오케스트라로 알려져 있다. 30여 명 남짓의 소규모인 연주자들의 모임으로, 실험적인 성격을 띠고 있다. 스피라 미라빌리스는 홈페이지에서 "지휘자가 없는 오케스트라는 아니다"라고 설명했다. 지휘자가 없어도 잘 연주할 수 있다는 정도의 뜻은 아니며, 연주자들의 음악 연구단체라는 정체성을 내걸고 있다.

인생이라는 오케스트라의 연주자들인
우리는 언제나 지휘자를 보아야 한다.
지휘자가 어떤 지시를 하는지 눈과 귀를
기울여야 한다.

승, 감독을 뜻하는 말이다. 요한복음서 3장 2절에 유다인 지도자 니코데모가 예수님을 찾아와서 "스승님, 저희는 스승님이 하느님에게서 오신 스승이심을 알고 있습니다."라고 고백하는 장면이 나온다. 이 대목의 라틴어 성경을 보면 니코데모가 예수님을 '마기스터'라고 부른다.

지휘자를 쳐다보아야

오케스트라는 서로 다른 배경과 특성을 가진 사람들이 함께 모여 어우러져 살아가는 우리의 삶과 매우 닮아 있다. 우리는 오케스트라에 각자 자신의 악기로 연주에 참여하는 단원들이다. 각자는 자신의 음색을 내며 맡겨진 역할을 수행하는 연주자들이다.

오케스트라가 연주하는 심포니는 인간의 다양한 감정을 소나타, 론도, 스케르초나 미뉴에트의 형식을 빌려 리듬과 템포에 실어 여러 개의 악장 속에 펼쳐낸다. 말하자면 오케스트라가 연주하는 심포니는 인생의 희로애락(喜怒哀樂)을 표현하는 한 편의 서사(敍事)이다. 심포니답게 조화로운 음악이 연주되기 위해서는 연주자 개인의 역량도 중요하지만, 무엇보다도 연주자는 지휘자를 쳐다보아야 한다.

우리에게 잘 알려진 뉴욕 필하모닉이나 베를린 필하모닉

은 100명 이상의 연주자로 구성되는 대규모 오케스트라이다.

베토벤의 교향곡 9번을 연주하려면 합창단이 있어야 하는데, 당연히 규모가 커질 수밖에 없다. 구스타프 말러(Gustav Mahler, 1860~1911)의 교향곡 8번은 연주자만 천 명 넘게 참여하는 거대한 오케스트라이다.

인생이라는 오케스트라는 이보다 훨씬 더 큰 규모이고, 심포니의 연주 시간은 어느 심포니와 비교할 수 없을 만큼 길다. 그러니 이처럼 큰 규모의 오케스트라가 지휘자 없이 어떻게 작동될 수 있겠는가?

인생이라는 오케스트라의 연주자들인 우리는 언제나 지휘자를 보아야 한다. 눈과 귀로 지휘자가 무엇을 말하는지, 그 손짓과 표정에 눈과 귀를 기울여야 한다. 지금 여기에서는 소리를 작게 줄여야 하는지 아니면 더 큰 소리 더 강한 톤으로 활기차게 나서야 하는지, 좀 더 소리를 길게 이어야 하는지, 여기서 멈추어야 하는지, 지휘자의 지시에 따라야 한다.

다른 연주자들은 아랑곳하지 않고 나를 돋보일 욕심으로 내 소리만 마구 내다 보면, 우리의 인생은 기껏해야 단조로운 '모노포니(monophony)'가 되거나 조화롭지 못한 소리들이 뒤섞여 거슬리는 소리들만 울리는 소음(cacophony)이 될 수밖에 없다.

어느 두 공돌이님께

슬퍼하는 사람은 행복하다. 그들은 위로를 받을 것이다.
— 마태 5, 4

공장에서 일하는 젊은 노동자들을 공돌이 공순이라고 얕잡아 불렀던 시절이 있었다. 지금은 생산공장에서 단순한 육체노동을 하는 젊은이들을 찾아보기 어렵지만, 1970년대만 하더라도 가난으로 대학 진학을 포기하고 서울로 상경하여 변두리의 열악한 소규모 작업장에서 일하는 20대 전후의 젊은이들이 많았다. 1970년 근로조건 개선을 요구하며 분신했던 전태일 사건을 떠올려보면, 당시 이들이 놓여 있던 우리나라의 노동 환경과 근로 여건이 어느 정도였을지 짐작해 볼 수 있을 것이다. 필자가 결혼하고 처음 살았던 영등포 당산동 일대만 해도 90년대 초반까지도 철공소, 피혁공장, 플라스틱 사출 공장,

공구상과 알 수 없는 공해 작업장들이 따닥따닥 붙어 있었고, 이들 작업장에서 뿜어내는 매캐한 냄새와 연기, 분진, 쇠를 가르는 소음으로 매일 고통스러웠던 기억이 있다.

두 명의 공돌이님

대학을 졸업하고 다니던 직장을 그만둔 후 유학 갈 준비를 할 때였다. 비자나 여권 신청에 필요한 주민등록 등본을 발급받기 위해 영등포구청에 간 적이 있다. 버스에서 내려 길을 건너 구청 정문에 막 들어서려는 순간, 뒤에서 경찰관이 나를 불렀다. 다짜고짜 주민등록증을 내보이라는 것이었다. 주민등록증을 보여주자 획 낚아채더니 횡단보도 위반이라고 하면서 파출소로 따라오라는 것이다. 그 경찰관 뒤에는 이미 대여섯 명의 범법자(?)들이 엮인 굴비 마냥 한 줄로 서 있었다. 난생처음 파출소(구청 정문 바로 가까운 곳에 있던 작은 파출소로 지금은 없어졌음)란 곳에 끌려간 나는 지시에 따라 긴 나무 의자에 앉아 다음 명령을 기다리는 초라한 신세가 되었다.

위반자를 포획(?)한 순경들이 연이어 들어서자 좁은 대기실 공간은 금방 위반자들로 가득 차게 되었고, 스무 살 남짓 보이는 두 명의 공돌이님이 내 옆으로 밀려 앉게 되었다. 시간이 지나면서 점점 초조해지기 시작했다. 여기에 이렇게 잡혀

파출소 문을 나서는 내 발걸음이 그렇게
무거울 수가 없었다. 뒤에 남겨진 두
공돌이님에게 지금까지도 미안하고 또
죄송한 마음이다.

온 사람들은 어떻게 되나? 무표정하게 업무에만 열중하던 한 경찰관(파출소장 같아 보였음)이 일어서더니 이후 일정을 공표(?) 하는 순간, 나는 하늘이 무너지는 절망감에 빠졌다. 그는 이렇게 선언했다.

"오후 6시쯤 영등포 경찰서에서 오는 호송 버스를 타고 이동하여 다른 파출소의 교통 위반자들과 함께 본서에서 조사를 받을 것입니다."

아니, 내가 무슨 절도범이나 시국사범도 아니고 횡단보도를 이용하지 않았다고 해서 이렇게까지 취급받아야 하나. 단속기간이라 숫자 채우는 행정이라 해도 아침부터 밤늦게까지 사람을 붙잡아 두어야 할 만큼 내가 대역죄를 지은 건가. 분노가 치밀어 올랐지만, 눈을 감고 나 자신을 진정시키는 수밖에 달리 방법이 없었다.

그때 내 옆에 있던 공돌이님이 "저 혹시 법에 대해서 좀 아세요?" 하고 말을 건넸다. 함께 불쌍한 처지가 된 그는 "아까 저쪽에 있던 아저씨 아주머니들 다 빠져나갔어요. 경찰관하고 아는 사람들인가 봐요."라고 말하는 것이다. 그러고 보니 북적대던 대기실이 예닐곱 명만 남고 썰렁해진 느낌마저 드는 것이었다.

당신 바빠?

아까부터 나를 힐끔힐끔 쳐다보던 파출소 소장이 갑자기 나를 향해 큰 소리로 "당신 바빠?" 하고 물었다. 영문을 몰라 그를 쳐다보니 "당신 바쁘지?" 하며 내가 바쁜 사람인 것을 자신이 다 안다는 듯이 크게 소리쳤다. 재차 캐물으며 단정적으로 명령인지 호소인지 "다음부터는 위반하지 말고 바쁘니 빨리 가라."고 선처를 베풀어 주는 것이다.

파출소 문을 나서는 내 발걸음이 그렇게 무거울 수가 없었다. 뒤에 남겨진 두 공돌이님에게 지금까지도 미안하고 또 죄송한 마음이다.

주님, 그들의 슬픈 마음을 어루만져 주소서. 저 때문에 슬픈 마음을 가졌을 그들을 위해 비오니 저의 부족함을 용서하소서. 아멘.

능력주의와 하느님의 가르침

마땅히 걸어야 할 길을 아이에게 가르쳐라.
그러면 늙어서도 그 길에서 벗어나지 않는다.

— 잠언 22, 3

능력주의(meritocracy)

능력주의는 '사람의 재능이나 노력, 성취도를 평가하는 기준을 마련하고 그 기준에 따라 선택된 개인이 성공이나 권력 획득, 혹은 영향력이 있는 위치로 이동이 용이한 사회를 지향하는 이데올로기'를 말한다.[4] 능력주의를 지향하는 사회는 태어난 배경이나 재력이 아니라 개인이 가진 능력과 재능이 존중되고, 이에 상응하여 사회적 자원과 정치적 권력이 보상적으로 배분되는 사회이다. 능력주의는 사회구성원 간에 자유로운 경

●

4   Meriam-Webster 사전.

쟁을 유도하고 이를 통하여 각 개인이 능력을 최대한 발휘하게 하려는 시장주의적 철학과 인간의 존엄성과 개인의 자유를 보장하려는 자유주의적 이념과도 맞닿아 있다.

역사적으로 볼 때, 능력주의는 자유민주주의와 자본주의의 발전과 함께 등장해온 개념으로, 많은 국가에서 당연하게 받아들이는 이데올로기이다. 우리나라도 능력주의 사회를 지향해온 국가라고 할 수 있다. 개인의 부 또는 '부모 찬스'와 같은 상속된 특권이 아니라, 개인의 능력과 업적이나 공헌에 따라 사회적·정치적 영향력과 실질적인 권력이 주어져야 한다는 생각이 광범위하게 지지받고 있는 사회이다.

능력주의가 한 사회에서 올바르게 작동하기 위해서는 무엇보다 먼저 개인에게 기회의 평등과 공정한 경쟁이 보장되어야 한다.

능력주의와 문제점

능력주의 정신이 가장 뿌리 깊으며 옹호되고 있는 나라는 단연코 미국이다. 아메리칸드림이라는 말은 능력주의로 얻게 된 성과를 예찬하는 말이기도 하다.

미국인들이 존경하는 인물들 중 매번 상위에 꼽히는 인물로 정치가 해밀턴(Alexander Hamilton, 1757~1804)을 들 수 있다.

미국 지폐 10달러의 배경 인물이기도 한 해밀턴은 소위 흙수저에서 출발하여 정치가, 사상가, 법조인으로 명성을 쌓아 올라가 초대 재무부 장관에 오른 입지전적 인물이다.

공전의 히트를 기록한 브로드웨이의 뮤지컬 「해밀턴(Hamilton)」은 서인도제도에서 태어나 고아로 성장한 해밀턴이 미국의 독립 전쟁과 미국 헌법의 초안을 만드는 데도 핵심적 역할을 하고, 후세 미국민으로부터 건국의 아버지 중 한 사람으로 불리게 되는 드라마 같은 그의 일대기를 그린 작품이다. 뮤지컬 「해밀턴」에 열광하는 미국 사회를 보면서 능력주의에 바탕한 미국 문화를 확인할 수 있다. 한국인인 우리들 역시 능력주의가 사회 시스템으로 잘 작동될 때, 더 유능한 인물이 등장하고, 정부가 효율적으로 작동하며, 이로써 더 풍요로운 국가로 발전할 것이라고 믿고 있다.

능력주의가 광범위한 지지를 받아온 것이 사실이지만, 능력주의의 진전으로 야기되는 여러 문제들 또한 전혀 간단하지 않게 보인다. 확실히 개인 간에는 능력의 차이가 존재한다. 이 차이가 점점 커져서 사회적·경제적 불평등으로 심화되면 자칫 사회공동체가 균열되고 국가의 존립마저 위태롭게 될 수 있는 것이다. 하버드대 샌들(Michael J Sandel) 교수는 지나친 능력주의가 불평등을 확대하고 민주주의를 위협한다고 주장하기도 한

다.[5]

능력주의와 하느님의 가르침

마태복음 25장 14-30절에 나오는 '달란트의 비유'는 주인이 세 종에게 각각 달란트를 맡기고 여행을 떠나는 이야기이다. 세 종을 불러 각자의 능력에 따라 1달란트, 2달란트, 3달란트를 맡기고 여행을 떠난 주인은 다시 돌아와서 그동안 종들이 각자 받은 달란트[6]를 얼마나 잘 사용했는지를 셈하고 평가한다. 다섯 달란트를 받고 다섯 달란트를 번 종과 두 달란트를 받고 두 달란트를 번 종들은 주인으로부터 똑같이 칭찬받는다. 그러나 한 달란트를 받고 땅에 숨긴 뒤 그대로 주인에게 돌려주는 종은 크게 야단을 맞는다. 뿐만 아니라 주인은 그 한 달란트를 열 달란트를 가진 자에게 주라고 명령한다.

종들은 처음부터 주인으로부터 능력에 따라 달란트를 다르게 받았다. 여기서 능력을 뜻하는 그리스어 뒤나미스(δύναμις)는 한 사람이 가진, 완전하게 실현되지 않은 힘 또는 잠재력을 의

●

5 샌들(Michael J Sandel, 1953~), 『공정하다는 착각(The Tyranny of the Merit)』, 와이즈베리, 2020.

6 1달란트(Talent)는 노동자의 약 6,000일 품삯이며, 약 41.1kg의 금에 해당하는 가치이다.

'달란트의 비유'는 주인이 세 종에게
각각 달란트를 맡기고 여행을 떠나는
이야기이다. 세 종을 불러 각자의 능력에
따라 1달란트, 2달란트, 3달란트를 맡기고
여행을 떠난 주인은 다시 돌아와서 그동안
종들이 각자 받은 달란트를 얼마나 잘
사용했는지를 셈하고 평가한다.

미한다. 하느님은 우리가 능력에 따라 받은 달란트를 성실하게 충분히 발휘하기를 원하신다. 두 달란트를 받은 사람이 번 두 달란트가 다섯 달란트를 받은 사람이 번 다섯 달란트보다는 분명히 작은 것이지만, 다섯 달란트를 번 종이 더 칭찬받지도 않으며 둘 다 자신의 능력을 충분히 사용하였기 때문에 예수님은 똑같은 말씀으로 둘 다 똑같이 칭찬하신다.

루카복음 19장 11-27절은 '미나[7]의 비유'로, 종들에게 권한을 나누어주는 예수님의 말씀이다. 종 열 사람이 주인으로부터 각각 한 미나씩을 나누어 받은 후 돌아온 주인에게 그동안 번 돈을 보고한다. 열 미나를 번 종이나 다섯 미나를 번 종은 모두 칭찬을 받은 후, 각각 그 노력에 상응하는 보상을 받는다. 그러나 한 미나를 보관한 채로 그대로 내놓는 게으른 종은 크게 야단을 맞는다. 그뿐만 아니라 한 미나마저 열 미나를 가진 자에게 주라고 냉혹(?)하게 말씀하신다.

야단맞는 종의 비유를 들어 능력주의를 옹호하는 말씀이라고 할 수 있을까? 능력주의는 달리 말하면 성과에 따른 합당한 분배에 방점이 찍히지만, 달란트의 비유나 미나의 비유는, 달란트를 부여받은 우리들 각자의 근면성, 책임성을 강조하는

•

7   1미나(Mina)는 노동자의 100일 품삯이며, 금 685g에 해당한다.

의미를 담고 있다고 할 수 있다. 잠언 22장 29절은 우리 각자가 받은 달란트를 최대한 발휘하도록 요청한다. "너는 제 일에 능숙한 사람을 보았느냐? 그런 이는 임금을 섬기고 하찮은 이들은 섬기지 않는다."

모든 일에는 때가 있다

하늘 아래 모든 것에는 시기가 있고 모든 일에는 때가 있다.

— 코헬 3,1

누구나 때는 있다

국립현대미술관 관람을 마친 후 입구에 있는 기념품 가게에 들른 적이 있다. 언제부터인가 우리나라 미술관에서 판매하는 기념품도 세계 유명 미술관들과 비교해도 디자인이나 색상, 품질면에서 뒤지지 않고 오히려 앞서고 있다는 느낌을 받았다.

판매상품을 구경하던 중 눈길을 끄는 것이 있었다. 겉면에 '누구나 때가 있다'라는 글귀가 큼지막하게 쓰여 있는 친환경 어깨 가방이었다. 어느 나라 미술관에도 이런 유머 있는 글귀가 적힌 기념품은 본 적이 없다. 우리 모두는 신체에 찌꺼기라는 더러움을 붙이고 있다는 동류의식을 느끼게 하기도 하고, 한편으로는 각자가 '언젠가는 성공의 기회나 찬스를 가진다'는 개인적 희망과 위안을 안겨주는 말이라 생각되었다.

여기서 조금 더 생각을 진전시켜, '누구에게나 때가 있기는 하지만 누구나 때를 붙잡는 것은 아니다'라는 경고성(?) 의미도 함께 가지고 있는 것이라고 중의적인 해석을 해보았다.

하느님이 정하신 때

코헬렛 3장은 하느님이 세우신 만물의 질서와 법칙을 찬양하는 예루살렘 왕 코헬렛의 고백이다. 이 장(章)은 하느님의 영원한 본성과 인간 삶의 일시적 본성을 대비하고 있다. 이 장은 먼저 하늘 아래 모든 것에는 하느님이 정하신 시기(time)가 있고, 그에 따라 인간이 하는 모든 일에는 그 일을 해야 할 때(appointed time)가 있음을 유념하라는 교훈(敎訓)을 담고 있다.[8, 9]

•

8　There is an appointed time for everything, and a time for every affair under the heavens(Ecclesiastes 3, 1 New American Bible, Revised Edition).

9　그리스어 성경(Ecclesiastes 3, 1 Septuagint, LXX)에 일반적 시간을 의미하는 chronos(χρόνος, time)와 지정된, 적절한 시간을 의미하는 kairos(καιρός, appointed time)로 나타나 있다.

그리고 이하 8절까지는 우리가 살면서 겪는 일들을 나열하며 설명한다.

하느님이 모든 것에 시기를 정하신 그 아래에 인간이 하는 여러 일들은 지정되어(appointed) 전개되므로, 인간은 자신에게 다가오는 시기와 때를 마음대로 선택하여 행동할 수 없다. 코헬렛 3장은 인간은 시기와 때에 맞추어 살아가는 것이 매우 중요함을 은유적으로 강조한다.

우리는 '언제 어떤 일을 어떻게' 해야 할 것인지 쉽지 않은 결정을 해야 하는 상황에 자주 부딪히며 살아간다. 언제 시작해야 하나? 지금은 침묵할 때인가? 다음에 말해야 할까? 지금 하고 있는 방식은 올바른 것인가? 등등 자신에게 수많은 질문을 던지면서 살아가게 된다. 코헬렛 3장은 바로 이 질문에 대해 보배와 같은 지혜를 전해주고 있다. '시기와 때에 맞는 올바른 방법'이 바로 그 정답이다(the right time to act and the right act to time).

구약학자 데릭 키드너는 『전도서의 메시지(The message of Ecclesiastes)』에서, 코헬렛은 인간이 사는 지상의 덧없는 시간과 하느님의 영원한 시간 사이의 긴장을 대비해 가면서, 세속적 삶의 무의미함과 하느님 중심적 삶이 주는 지속적인 희망을 강조하며 우리를 절망에서 신앙으로 인도하고 있다고 말한다.[10] 코헬렛 저자는 정해진 짧은 시간을 사는 인간이 각자의 인생을 더 큰 영원한 하느님의 시간의 일부로 바라보고, 하느님이 정하신 때와 섭리를 신뢰하라고 우리 모두를 격려한다.

오늘 하루도 하느님의 영원한 나라를 바라보며
제 발걸음을 내딛게 하소서. 아멘.

---

10   Derek Kidner(1913~2008), *The Message of Ecclesiastes: A Time to Mourn, and a Time to Dance*, Inter-Varsity Press, 1973, p. 12.

하늘 아래 모든 것에는 하느님이 정하신 시기(time)가 있고, 그에 따라 인간이 하는 모든 일에는 그 일을 해야 할 때(appointed time)가 있다.

인생칠십고래희(人生七十古來稀)

하느님, 제 영혼이 당신을 그리나이다.
제 영혼이 하느님을, 제 생명의 하느님을 목말라 하나이다.

— 시편 42, 2-3

인생의 덧없음과 영원한 구원

장자(莊子)는 인생을 '문틈으로 흰 말이 지나가는 것을 보는 것과 같다(白駒之過隙)'고 했다. 인생 전체가 '잠시 스쳐 지나가는 짧은 순간' 같다고 한 것이다.

시편 저자는 '사람이란 한낱 숨결과도 같은 것, 그의 날들은 지나가는 그림자와 같다'(시편 144, 4)라고 하여, 인생을 지나가는 그림자에 비유하기도 했다.

지금은 평균수명이 많이 늘어서 100세 인생을 얘기하고 있지만, 100세 인생을 사나 70세까지 사나 돌아보면 언제나 짧은 것이 인생이다. 법정 스님이 쓴 글에 이런 구절이 있다. '돌

이켜보면 언제 어디서나 삶은 어차피 그렇게 이루어지는 것이
므로 그 순간들을 뜻있게 살면 된다. 삶이란 순간순간의 존재
다.'[11]

70대에 들어서니 감사하고 존경스러운 일이 한두 가지가
아니다. 어느 작가는 70대에 매일매일 절망하고 매일매일 분
노한다고 했지만, 사람들은 인생을 돌아보며 이렇게 회고하곤
한다. 내가 뛰어온 긴 마라톤 코스는 다른 길이 없었던 나 자
신만의 길이었다고. 자신이 걸어온 길에 감사하며 그 자체를
존경하는 마음으로 결승점을 향해 뛰어갈 일이다.

"오 하느님! 당신의 운행(運行)은 그저 신비롭고 놀라울 뿐
입니다. 반환점은 이제 저만치 지나왔고 결승점을 향해서 마지
막 스퍼트를 올리는 모든 70대 여러분들 존경합니다."

나이가 들수록 알아가는 것들

온갖 영예와 치욕으로 산전수전 인생을 살았던 추사 김정
희 선생이 70세에 돌아가실 즈음 남긴 문장은 대팽두부과강
채(大烹豆腐瓜薑菜) 고회부처아녀손(高會夫妻兒女孫)이었다고 한다.
"반찬 중에는 두부나 오이와 생강과 나물이 제일 좋고, 가장

●
11   법정, 『아름다운 마무리』, 문학의 숲, 2010, p. 41.

"
반찬 중에는 두부나 오이와 생강과
나물이 제일 좋고, 가장 좋은
모임은 부부와 아들딸과 손자이다.
"

좋은 모임은 부부와 아들딸과 손자이다."라는 뜻이다.

나이 들어 보니 나도 건강이 주요 관심사가 되었다. 또한, 가족의 중요함도 새삼 느끼게 된다. 반환점까지는 무겁게 느끼던 몸도 이제는 제법 가벼워졌다. 산들바람과 새소리, 풀 냄새도 느껴지고 길가의 핀 꽃들도 다 아름다워 보인다. 내가 좋아하는 라흐마니노프 피아노 협주곡 2번을 들을 때에는 피아노 연주에만 집중했는데, 이번 샌프란시스코 심포니의 최근 야외 공연에서는 첼로의 깊고 장중한 소리에 크게 감동하였다. 피아노 소리도 다른 소리와 어우러질 때 더 깊이가 더해짐을 새삼 발견하고, 우리 인생도 그러리라고 생각해 보았다. 그렇게 장엄한 음악을 만든 라흐마니노프에게 저절로 깊은 존경의 마음이 들었다.

나이가 들수록 인간은 점점 더 많은 것을 잃어가지만, 더 많은 것을 알아가는 것도 사실이다.

"다른 사람들이 흥미를 갖고 있지 않은 과거의 사소한 일들을 자꾸만 읊조리지 않게 하시고 더욱 적게 말하게 하소서.

내가 나의 통증과 슬픔에 대해서 말하고 싶어 할 때에도 내 입술을 봉하소서.

내가 매사에 나 자신을 나타내려고 하는 생각도 버리게 하소서.

다른 사람에게는 도움을 주되 번거롭지 않게 숨어서 하게 하소서.

나로 하여금 모든 사람의 일에 끼어들고 싶어 하는 욕심을 버리게 하소서.

나로 하여금 다른 사람에 대해 인정이 많게 하되 그에게 간섭하지는 않게 하소서. 아멘."

— 윤형섭 전 건국대 총장님이 주신 글에서

나에게 어울리는 옷을 마련하시는 하느님

그들이 모두 하나가 되게 해 주십시오.

— 요한 17, 21

일치주간[1]에 드는 생각

다니는 성당에서 멀지 않은 곳에 개신교 교회가 있다. 교회의 예배 시간이 성당 미사 시간과 비슷한지, 미사 참례 후에 집으로 가는 길은 교회를 나서는 사람들과 성당에서 나오는 사람들로 항상 북적인다. 저명한 신학자 조나선 색스(Jonathan Sacks)는 "하늘에서의 통일성은 지상에서의 다양함을 만든다(Unity in heaven creates diversity on earth)"라고 말한다.[2] 통일성은

---

1   가톨릭교회는 매년 1월 18일부터 바오로 성인의 회심 축일인 25일까지 일주일을 일치주간으로 지낸다.

2   Jonathan Sacks, *The diginity of Difference*, Bloomsbury Publishing,

신성(神性)의 근원이며 그것이 지상에서는 다양한 문화, 종교, 언어와 관점을 낳는다는 말이다. 사람들은 나와 다른 종교를 갖기도 하고 각자의 방식으로 신앙을 지켜간다. 그러나 우리는 모두 같은 하늘 아래에 서 있다. 각자 다르다고 생각하지만 크게 보면 한 하늘 아래에서 살아가는 친구요 형제 자매들이다.

325년 니케아 공의회에서 제정된 니케아 신경을 기초로, 381년 콘스탄티노폴리스 공의회에서 채택된 니케아-콘스탄티노폴리스 신경은 가톨릭뿐만 아니라 정교회, 루터교회, 성공회, 그리고 대부분의 개신교 교회에서도 인정하는 기독교 신앙의 고백문이다. 이 고백문의 시작은 한 분이신 하느님(one God, unum Deum)을 믿으며, 이 믿음이 사도로부터 이어오는 거룩하고 보편적임을 똑같이 고백한다(개신교는 '사도적인 교회'로 표현한다). 같은 하느님을 믿고 믿음의 내용도 같음을 고백하는데, 왜 서로 다른 이름으로 모이고 자주 반목하는지 안타까운 일이 아닐 수 없다.[3]

본질(本質)을 보면 일치(一致)에 다가가고, 차이를 보기 시작하면 본질에서 점점 멀어진다. 가톨릭, 개신교, 루터교, 성

London, 2003, p. 54.

3   개신교와 루터교회는 하나님을, 가톨릭과 성공회는 하느님을 표준 표현으로 사용한다.

"
사람들은 나와 다른 종교를
갖기도 하고 각자의 방식으로
신앙을 지켜간다. 그러나 우리는
모두 같은 하늘 아래에 서 있다.
각자 다르다고 생각하지만 크게
보면 한 하늘 아래에서 살아가는
동지들이다.
"

공회 교회가 서로 다른 차이에만 집중하기 시작하면 점점 반목과 질시의 늪으로 빠져들게 됨을 우리는 역사를 통해 배워왔다. 장자(莊子)는 만물은 본질적으로 같으며, 차이는 상대적이며 절대적이 아니라고 말한다. 세상에 존재하는 차이는 우리의 관점에서 비롯되는 것이다.[4]

나의 기독교 탐방기

대학교에 입학함으로써 생소했던 가톨릭에 조금씩 다가서게 되었다. 내가 다닌 대학에서는 일주일에 한 번, 한 학기인지 두 학기인지 의무적으로 참석해야 하는 예배 시간이 있었다. 종교가 없던 가정에서 태어나고 자란 나로서 채플 시간은 새롭기도 했지만 어색하였고 대체로 지루했다. 종교 강의 비슷하기도 했고 때로는 문화행사 같기도 했다. 그러나 지금 생각해 보니 이즈음에 종교에 관한 관심이 싹트기 시작한 것 같다.

여의도에서 열렸던 빌리 그래함(Rev. Billy Graham, 1918~2018) 목사의 전도대회에도 친구와 함께 가보기도 하고(사람이 굉장히 많이 모였다는 감동 외에 달리 종교적 감동은 없었다), 신자가 세

---

4   장자의 제물론(齊物論)에 나오는 만물제동(萬物齊同)의 개념으로 장자의 대표적 사상이다.

계에서 제일 많다는 교회 예배에 참석해 보기도 했다. 또 대학 교수와 대학생이 제일 많이 모인다는 교회 예배에도 가보았다. 그런데 한 곳은 너무 뜨거웠고, 다른 한 곳은 너무 차갑다는 느낌을 받았다.

미국 동북부 도시 버팔로에서 유학할 때는 집에서 가까운 루터교 교회(Lutheran Church)에 다니게 되었다. 이 교회에 오기 전까지는 루터교에 대해 약간의 거부감을 가지고 있었지만, 훌륭한 신부님(pastor Bojaizin)과 교인들을 만나고 그들의 삶을 직접 목격하면서 내가 가졌던 편견이 사라져갔다. 특히 북유럽을 여행하면서 스칸디나비아 국가(덴마크, 노르웨이, 스웨덴)에서는 루터교인이 다른 종교에 비해 월등히 많다는 사실에 놀라기도 했다. 또 미국 남부 도시 애틀란타에서는 남침례교회(Southern Baptist Church)의 크리스천 가정들을 만나면서 그들이 살아가는 모습에 감동하기도 했다.

하느님은 나의 걸음으로 믿음을 찾아가도록 도와주십니다. 내가 내 몸에 맞는 옷을 고를 때까지 길을 찾도록 기다리시며 격려하는 분이십니다. 그래서 내가 입은 옷은 내가 가장 좋아하고 아끼는 옷이라고 그분 앞에서 자랑할 때 그분도 웃으시며 만족해하십니다. 아멘.

사람의 수명주기 그 아름다움

우리는 낙심하지 않습니다. 우리의 외적 인간은 쇠퇴해 가더라도
우리의 내적 인간은 나날이 새로워집니다.

—2코린 4, 16

수명주기

태어나서 죽음에 이르는 기간을 생명주기(life cycle)라고 한
다. 생명체는 모두 수명을 가진다. 태어나자마자 죽음을 맞는
하루살이도 있고, 므두셀라 나무처럼 몇백 년 수명을 가진 나무
도 있다. 그러나 시작해서 끝없이 영원한 생명체는 없다. 우리
인간의 생명도 시작과 끝이 있다. 이것이 하느님의 법칙이다.

시편 90장 3절은 "당신께서는 인간을 먼지로 돌아가게 하
시며 말씀하십니다. '사람들아, 돌아가라.'"라고 노래한다. 인
간의 생명은 일시적이며 창조주의 권위에 종속됨을 말해주는
구절이다.

생명은 단계를 거친다. 이것 또한 하느님의 법칙이다. 인간은 태어나서 유아기와 청소년기, 청년기와 중장년기를 거쳐 마지막으로 노년기를 거친 다음 인생을 마감한다. 생명주기를 어떻게 나누어 보든, 또 몇 단계로 나누든, 태어나서 죽음에 이르는 삶의 과정에는 분명 구분되는 여러 단계가 있다. 코헬렛 저자는 "하늘 아래 모든 것에는 시기가 있고 모든 일에는 정해진 때가 있다."라고 말한다.[5]

모든 순간이 아름답다

하느님은 모든 것을 제때에 맞추어 아름답게 만드셨다. 사랑이신 하느님은 봄, 여름, 가을, 겨울 사계절에 각각의 아름다움을 주신 것처럼, 유아기든 청년기든 장년기든 노년기든 수명주기의 단계마다 아름다움을 두셨다.

마크 트웨인은 "만약 우리가 태어날 때 80세이고 시간이 가면서 점점 18세로 향해 젊어진다면 인생은 무한히 더 행복할 것이다."라고 유머로 말했다지만,[6] 이는 문학적인 표현

●

5   "하늘 아래 모든 것에는 시기가 있고 모든 일에는 때가 있다. 그분께서는 모든 것을 제때에 아름답도록 만드셨다"(코헬 3,1-11).

6   *Bite-Size Twain: Wit and Wisdom from the Literary Legend*, St. Martin's Press. 2015, p. 29.

사랑이신 하느님은 봄, 여름, 가을, 겨울 사계절에 각각의
아름다움을 주신 것처럼, 유아기든 청년기든 장년기든
노년기든 수명주기의 단계마다 아름다움을 두셨다.

일 뿐, 인생은 어느 단계가 상대적으로 더 좋을 수도, 더 초라할 수도 없다. 노년이 중년을 고집하고 중년을 능가할 수 있다고 믿을 때, 또 중년이 청년을 바라보며 스스로 지나온 시간을 못마땅해할 때, 우리는 하느님이 주시는 현재의 순간들을 비웃고 놓치고 있는지도 모른다. 심리학자 칼 융(Carl Jung, 1875~1961)은 이러한 방향 상실과 정신적 불균형은 개인이나 집단이 영적으로 공허하기 때문에 생겨난다고 분석하고, 일종의 문화도착(倒錯, cultural neurosis) 현상으로 설명한다.[7]

물론 인생의 각 단계에는 항상 기쁜 일만 있는 것은 아니다. 괴로움과 고통이 없을 수는 없다. 슬픈 추억도 많을 것이다. 그래서 인생은 결코 평탄하지 않다. 그러나 순간순간 쌓인 아름다운 기억들이 인생을 아름답게 만드는 것이다. 그래서 돌아보면 인생은 아름다운 것이 아닐까?

"아름다운 이 세상 소풍 끝내는 날, 가서, 아름다웠더라고 말하리라."[8] 온갖 고통의 인생을 살았음에도 인생을 아름답다고 노래한 천상병(1930~1993) 시인을 떠올려 본다.

그리스 신화에 나오는 코린토스의 왕 시시포스(Sisyphos)

---

7   특정 사회나 문화권에서 심리적 불균형과 갈등이 집단적으로 나타나는 현상을 가리킨다.
8   천상병 시인의 '귀천(歸天)'에서 옮김.

는 신들의 노여움을 사서 바위를 산꼭대기로 밀어 올리는 벌을 받는다. 산꼭대기로 바위를 밀어 올리면 아래로 굴러떨어지고 다시 밀어 올리면 굴러떨어지는 희망 없는 형벌이 반복된다. 카뮈(Albert Camus, 1913~1960)는 바위 밀기 작업처럼 의미 없이 반복되는 우리의 일상일지라도 도전할 가치가 있으며, 그로써 인생은 아름답다는 것을 보여주려고 했다.[9]

모든 순간이 꽃봉오리인 것을

정현종

나는 가끔 후회한다.
그때 그 일이
노다지였을지도 모르는데
......
더 열심히 귀 기울이고
더 열심히 사랑할 걸
더 열심히 그 순간을 사랑할 것을

●

9   카뮈의 철학적 에세이, 『시시포스 신화(The Myth of Sisyphus)』.

모든 순간이 다아

꽃봉오리인 것을,

내 열심에 따라 피어날

꽃봉오리인 것을!

인격적으로 만나는 예수님

말씀이 사람이 되시어 우리 가운데 사셨다.

— 요한 1, 14

인격적이란 의미

예수님을 인격적으로 만나야 한다고 말한다. '인격적으로 만난다'는 말은 훌륭한 인품을 갖춘 사람들이 서로 만나는 멋진 모습을 쉽게 떠올리게 한다.

예수님과의 인격적 만남이 어떤 의미인지를 좀 더 생각해 보자. 요한복음 1장 14절에서는 "말씀이신 하느님이 사람이 되시고(incarnated) 우리 가운데 사신다."라고 말한다. 하느님이 사람으로 되신 분이 예수님이므로 우리가 예수님을 만난다는 것은 사람 대(對) 사람으로(person to person) 만나는 것임도 분명한 사실이다. 또 사람은 각자 인격을 소유하므로 인격적 만남이란 말도 논리적으로 타당해 보인다.

　그러나 인격적 만남은 우리가 생각하는 사람들 간의 통상적 만남의 모습이 아니다. 서로 존중하는 편안한 만남, 고민을 나누고 또 도움을 주고받는 가까운 친구 사이, 아니면 조력자, 가이드나 카운슬러, 우리가 흔히 떠올리는 이러한 만남 그 이상의 관계이다. 저명한 신학자이자 철학자인 폴 틸리히는 신은 인격적이면서 초인격적이라고 말한다.[10] 인격적 하느님은 하느님과 인간의 관계적·경험적 연결을 허용하는 반면, 초인격적 하느님은 인간의 이해를 초월하는 하느님의 무한하고 형언할 수 없는 본성을 강조한다. 따라서 인격적이란 말은 예수님의 인성(humanity)과 신성(divinity)을 동시에 표현하는 말로, 기독교 신앙의 핵심을 나타내는 말이다.

　"하느님은 우리 가운데 사신다"(요한 1, 14). 이 말 또한 하느님과 인간의 인격적 관계의 중요성을 나타내는 말이다. 인격적 관계란 예수님을 단지 역사적 인물이나 멀리 있는 종교적 아이콘으로 이해하는 것이 아니라, 나와 독특한 경험으로 만나고 개인적 관계를 맺는다는 것을 의미한다. 2천 년 전 나

●

10　Paul J. Tillich(1886~1965), 『존재의 용기(The Courage to Be)』, 예일대학교, 2000, p. 187.

와 관계없는 역사 속의 예수님이 아니라, 시간과 공간을 초월해서 지금의 나의 삶에 존재하는 예수님을 만나는 것이다.

신학자 칼 바르트(Karl Barth)는 기독교 신앙이란 단순히 교리를 받아들이거나 종교적 관습을 따르는 것이 아니라, 예수님과 인격적인 만남(personal encounter)을 포함한다고 말한다. 예수님이 하느님의 궁극적인 계시(啓示, ultimate revelation)이기 때문에 예수님을 인격적으로 만나는 것은 하느님을 이해하는 데 매우 중요하다고 주장한다. 그리고 계시는 추상적인 것이 아니라 개인적이고 역동적이므로 그분을 인격적으로 만난다는 것은 개인적이고 관계적인 방식으로 하느님의 현존을 경험하는 것을 의미한다.[11]

예수성심(the Sacred Heart of Jesus)과의 만남

우리는 각자 자신만의 고유한 방식으로 하느님을 만난다. 앞서 바르트 교수가 설명한 대로, 우리는 개인적이고 관계적인 방식으로 하느님을 만난다. 하느님과의 만남은 개별적이며 매우 다양하고 또 독특한 개인적 경험으로 나타난다.

---

11   Karl Barth(1886~1968), 『교회 교의학(Church Dogmatics)』, 제1권 1부(The Doctrine of the Word of God), p. 150.

나에게는 하느님의 극적인 체험이 없지만
지나온 세월을 돌아보면 어려운 삶의
고비마다 하느님이 내 손을 놓지
않으시고 붙잡아주셨음이
틀림없다고 확신하고 있다.

사도 바오로는 다마스쿠스로 가는 길에 극적으로 예수님을 만나고 회심한다(사도 9, 3-6).

토마스 머튼은 젊은 시절 긴 방황의 시간을 거치면서 사제가 되고 루이빌에서의 체험으로 자신을 넘어서는 새로운 하느님을 만났다고 한다.

나에게는 하느님의 극적인 체험이 없지만 지나온 세월을 돌아보면 어려운 삶의 고비마다 하느님이 내 손을 놓지 않으시고 붙잡아주셨음이 틀림없다고 확신하고 있다.

프란치스코 교황은 저서 『복음의 기쁨(The Joy of the Gospel)』에서 베네딕토 16세의 말을 인용하여 "그리스도인이 된다는 것은 윤리적 선택이나 고상한 생각의 결과가 아니라, 삶의 새로운 지평과 결정적인 방향을 가져다주는 어떤 사건이나 사람과의 만남의 결과"라고 말한다.[12]

우리의 신앙 여정은 각자의 개성을 나타내며 독특한 삶의 모습들이기도 하다. 하느님을 믿고 그 말씀대로 살아가려고 노력하는 각자의 삶에서 각자에게 나타나는 믿음과 성숙해지는 신앙이 바로 예수님을 인격적으로 만나고 있는 증거인 것

●

12 *The Joy of the Gospel*(Evangelii Gaudium), Vatican Press, January, 2014, p. 8.

이다. 그러나 이러한 믿음의 개별성, 독특성에도 불구하고 예수님과의 인격적 만남에서 공통적으로 확인되는 사실이 있다고 한다. 그것은 바로 예수님의 마음, 예수성심(the Sacred Heart of Jesus)과의 만남이다.

예수님의 마음은 인간에 대한 무한한 사랑이다. 하느님은 어떠한 경우에도 우리를 버리지 않고 우리를 떠나지 않으시고(히브 13, 5: 신명 31, 6), 나의 기쁨에 기뻐하시고 나의 슬픔에 슬퍼하시는, 나와 감정을 함께 공유하는 분이시다. 서로 느끼는 감정의 차이가 그 사람과의 거리라고 한다. 하느님은 세상 그 누구보다도 나와 가까이 계시는 분임을 믿는다.

겸손에 대한 생각

하느님께서는 겸손한 이에게 당신의 신비를 드러내시고,
당신께로 다정히 이끄시며, 당신께로 부르신다.[13]

— 토마스 아 켐피스(Thomas a Kempis)

겸손은 힘들다

유튜브에서 '겸손은 힘들다'라는 시사 방송을 본 적이 있
다. 어떤 생각으로 '겸손'이란 단어를 사용하고 있는지는 모르
겠지만, 방송의 제명(題名)으로는 보기 드문 표현이라 생각되었
다. '겸손은 힘들다'는 말이 나에게도 크게 와 닿았다. 겸손은
언제나 어려운 덕목이고, 그래서 나에게는 빠짐없는 매일매일
의 성찰(省察) 과제이기도 하다.

겸손이란 말의 사전적 의미는 '남을 존중하고 자기를 내

●

13   Thomas a Kempis, 『준주성범(The Imitation of Christ)』, 제2권 제2장 겸손.

세우지 않는 태도'이다. '겸손하다'라는 뜻의 영어 단어는 humble이다. 이 단어는 라틴어 humilis에서 유래한 것으로 humilis는 땅, 흙을 의미하는 humus에서 파생된 말이다. 인간을 뜻하는 휴먼도 humus에서 왔다. 그러고 보니 겸손은 인간이 흙에서 온 존재임을 알고 스스로 낮아져야 한다는 교훈적 의미를 담고 있는 것 같다.

아우구스티누스 성인은 학문적 갈등과 어려움으로 자문을 구해온 그의 제자 디오스코루스(Dioscorus)에게 보내는 서한에서 "자네가 여러 번 물어와도 나는 첫째도, 둘째도, 셋째도 겸손이라고 말하네."라고 응답한다.[14] 또 '큰 집을 짓고 싶으면 무엇보다도 겸손을 첫째가는 기초로 삼으라'고 하면서 겸손이 모든 덕목의 기초임을 강조한다.[15]

겸손을 말할 때면 우리는 자주 교만함을 다스리는 장자(莊子)의 목계지덕(木鷄之德)을 예로 들기도 하고, 불가(佛家)의 '집착을 내려놓는 방하심(放下心)'을 말하곤 한다.

겸손은 자신을 돋보이고 싶은 교만한 마음을 다스리고

●

14 "This way is first humility, second humility, third humility and no matter how often you keep asking me I will say the same over and over again." Augustine, Letter 118.

15 "Take into consideration in the first place the foundation of humility." St. Augustine, Sermon, 69, ch. 2.

자신을 비워내는 깨달음의 과정이다. 겸손은 예로부터 동서
양을 막론하고 중요한 덕목 중의 하나로 강조되어 왔다. 고대
그리스철학의 양대 산맥인 스토아학파와 에피쿠로스학파는
근본적인 철학적 차이에도 불구하고 궁극적인 목표인 **아파테
이아**(apatheia, 스토아학파가 말하는 파괴적인 열정으로부터의 자유)**와
아타락시아**(ataraxia, 에피쿠로스 학파의 평온함 또는 정신적 고통으로부
터의 자유)**를 추구함에 있어** 겸손이 중요한 덕목임을 공통적으
로 인식하고 있었다.

하느님이 중심인 겸손

우리는 겸손이란 단어를 들으면 자신을 낮추는 자세나 행
동을 먼저 연상한다. 자신을 낮추는 것이 겸손한 사람의 모습
이기는 하지만, 이런 생각이 지나치면 스스로를 하찮게 여기
는 자기비하(自己卑下)나, 스스로 자신을 위축시키는 자기억압
(自己抑壓)의 덫에 갇히게 된다. 겸손이란 가면으로 자신의 교만
을 뒤에 감추는 경우도 적지 않지만, 이는 자기위장(自己僞裝)에
지나지 않는다. 겸손은 자신을 낮추는 것이 아니라 상대방을
존중하는 것이라고 주장하기도 한다. 상대를 존중하는 자세
에 겸손의 방점(傍點)을 두기도 한다. 그러나 이런 겸손은, 자신
을 낮추든 상대를 존중하든 모두가 자신을 중심에 두는 자기

중심적 사고(思考)에서 나오는 것이다.

교황 요한 바오로 2세 성인(St. John Paul II, 1920~2005)은 겸손이란 하느님 앞에 고개를 숙이는 것이며, 굴욕(humil-iation)이나 체념(resignation)이 아니라, 하느님의 진리와 사랑의 힘에 자신을 내어놓는 창의적 순종(creative submission)이라고 하였다.[16] 겸손은 있는 그대로의 모습으로 하느님께 나 자신을 내어 보이며 하느님의 자비와 은총을 구하는 하느님 중심적 사고이다.

하느님의 자비와 은총을 구하기 위해서는 먼저 나 자신을 비우고 낮아져서 하느님을 위한 공간을 만들어야 한다. 사도 바오로는 하느님의 힘은 (나 자신이) 약한 데에서 완전히 드러난다(2코린 12, 9)고 말한다. 세례자 요한도 "그분은 커지셔야 하고 나는 작아져야 한다"(요한 3, 30)라고 말하며, 우리의 순종이 먼저임을 가리켜 보인다. 『준주성범』의 저자 토마스 아 켐피스(Thomas a Kempis)는, 겸손은 자신의 나약함을 알고 자기를 낮추며 하느님께 의지하는 것이라고 가르친다. 성 베네딕도 수도회 규칙서 '겸손의 사다리 12단계'에서 첫 단계는 '하

---

16 교황 요한 바오로 2세 성인 사순절 강론, 1979년 3월 4일.

느님을 두려워함'이다.[17] 여기서 두려움이란 하느님에 대한 사랑과 함께하는 '하느님에 대한 경외심'이다.

성경에 나타난 예수님의 가르침에서도 겸손은 핵심 주제 중 하나이다. 마태복음 18장에서 제자들이 예수님께 하늘나라에서 누가 가장 큰 사람인지 질문한다. 예수님은 "누구든지 이 어린이처럼 자신을 낮추는 이가 하늘나라에서 가장 큰 사람이다."라고 말씀하신다(마태 18, 1-4). 또 루카복음의 초대받은 손님의 비유에서는 '윗자리 대신 끝자리에 앉으라'고 가르치시며, "누구든지 자신을 높이는 이는 낮아지고 자신을 낮추는 이는 높아질 것이다."라고 말씀하신다(루카 14, 7-14).

성경에서 자기를 낮추는 뜻으로는 모두 다 humble이 사용된다. 필리피서 2장 3절에서 사도 바오로는 '겸손한 마음으로 서로 남을 자기보다 낮게 여기십시오.'라고 말한다. 필리피서는 하느님임에도 인간의 모습을 취하시어 죽음으로써 사랑을 실천하신 예수님이 '겸손의 최고의 본보기'임을 강조한다. 또 마태복음 23장 11절은 '겸손은 자신을 낮추는 것에서 더 나아가 남을 섬기는 자(servant)'임을 강조한다. 가장 높은 사람

•

17   오거스틴 웨타(J. Augustine Wetta), 『겸손의 규칙』, 분도출판사, 2023, p. 27.

은 섬기는 사람이어야 하고, 앞서 루카복음 14장에서와 같이 '자신을 높이는 이는 낮아지고 자신을 낮추는 이는 높아진다'고 하는 같은 구절이 등장한다.

자유의 확대—하느님의 이끄심

진리가 너희를 자유롭게 하리라.
The truth will set you free.

— 요한 8, 32

인류의 역사는 자유가 확대되어 가는 과정이다. 자유는 강요나 부당한 제재를 받지 않고 한 개인이 스스로 생각하고 행동하며 자신이 세운 목표를 추구하는 개인의 자율성과 독립성을 나타내는 말이다. 자유는 다면적이며 종합적인 개념으로 신체적 자유, 정치적 자유, 경제적 자유 등으로 세분화할 수 있다.

이 가운데 신체적 자유는 자유의 출발점으로 가장 기본적인 자유이다. 신체적 자유는 개인이 자기의 신체를 통제하고 외부의 간섭이나 강제 없이 자신의 의지에 따라 행동할 수 있는 권리이다. 존 로크(John Locke, 1632~1704)는 신체적 자유를

인간의 자연권(natural rights)의 핵심 요소로 생각했다.[18]

"나는 노예로 평화롭게 사는 것보다 위험이 있는 자유를 원한다."라고 말한 루소(Jean-Jacques Rousseau, 1712~1778)는 "인간은 원래 자유롭게 태어났지만, 어느 면으로나 쇠사슬에 묶여 있다."라는 말로 신체적 자유가 천부적(天賦的)임을 설파했다.[19]

근대국가가 등장하기 전 고대사회와 중세사회까지는 신체적 자유가 크게 제한된 시대였다. 예수님이 사셨던 로마제국도 노예제에 기초한 귀족 중심의 신분사회였다. 이어지는 중세 봉건 사회도 농노제도를 기반으로 한 신분사회였다. 이 시대에는 하층계급을 이루는 노예들이나 농노는 주인에게 예속된 신분으로 이들에게는 신체적 자유가 없었다. 에페소서 6장 8절에 보면, 사람은 종과 자유인(slave and free)으로 나뉘고 있고, 종은 노예 slave라고 표현되고 있는 것을 보면, 고대 로마 시대의 신체적 자유가 어떠했는가를 짐작할 수 있다. 사도 바오로는, 종은 주인에게 순종해야 하고 주인도 종을 차별없

●

18 Jonathan Bennett, *Second Treatise of Governmnt*, 2017, Ch 2. The state of nature.

19 Jean-Jacques Rousseau, *The Social Contract*, Early Modern Texts, 2017, Book I, Ch. 1.

이 대하라고 강조하지만, 종은 신체적 자유가 없는 노예(slave)나 다름없었다.[20]

종(slave)과 하인(servant)

역사를 보면 신체적 자유의 확장, 크게 보면 자유의 확대는 하느님의 계획에 따라 전개되고 있음을 알 수 있다. 매정한 종의 비유가 나오는 마르코복음 18장 23-26절에서 예수님은 slave가 아니라 servant라는 말을 사용하신다. 충실한 종과 불충실한 종의 비유가 나오는 같은 복음 24장 45-51절에서도 종을 servant라고 말씀하신다. 또 25장 14-30절의 여행을 떠나는 주인이 종들에게 달란트를 맡기는 비유에서도 servant라는 말을 사용하신다. 이 모든 비유에서 알 수 있듯이, 예수님은 고대 로마 시대의 주인과 종(master-slave)의 관계, 지배와 종속의 관계로부터 신분의 차이를 뛰어넘는 평등, 사랑, 연민에 기초한 주인과 서번트(master-servant)의 관계를 강조하고 있다.

주인과 서번트의 관계는 상하관계가 아니라 겸손과 신뢰에 바탕한 상호존중과 봉사의 관계이다. 예수님은 마르코복

●

20 바오로는 하느님에 대하여 자신을 종(slave)으로 표현하고 있다. "나 바오로는 하느님의 종이며 예수 그리스도의 사도입니다"(티토 1, 1)

음 10장 43-45절에서 자신은 "섬김을 받으러 온 것이 아니라 섬기러 왔다."라고 말하면서, "너희 가운데에서 첫째가 되려는 이는 모든 이의 종이 되어야 한다. 또 높은 사람이 되려는 이는 너희를 섬기는 사람(servant)이 되어야 한다."라고 강조하신다.

오늘날 기업경영에서 각광받고 있는 리더십 모델인 '서번트 리더십(servant leadership)'을 이미 2천 년 전에 예수님께서 우리에게 알려주신 것이다.[21]

신체적 자유가 억압되었던 신분사회에서 "꼴찌가 첫째 되고 첫째가 꼴찌 될 것이다"(마르 20, 16)라는 예수님의 말씀은 당시의 사회적 위계와 불평등을 뒤엎는 그야말로 혁명적인 것이었다.[22]

진리가 너희를 자유롭게 하리라

요한복음 8장 32절의 "진리가 너희를 자유롭게 하리라."는 연세대학교와 우리나라의 많은 대학이 내세우는 모토

●

21 Robert K. Greenleaf(1904~1990), *Servant Leadership*, Paulist Press, 2002.

22 그리스어 성경의 δοῦλος(doulos, 종)는 라틴어 성경에서는 schiavo(노예) 혹은 servus(하인)으로, 영문 성경에서는 노예(slave) 혹은 하인(servant)으로 번역되었다.

"섬김을 받으러 온 것이 아니라 섬기러 왔다."
"너희 가운데에서 첫째가 되려는 이는 모든
이의 종이 되어야 한다. 또 높은 사람이
되려는 이는 너희를 섬기는 사람(servant)이
되어야 한다."

(motto)이다. 미국 존스홉킨스대학, 독일 남부에 있는 프라이부르크대학 등 많은 유명 외국 대학들이 사용하는 모토이기도 하다.[23] 신입생이 되어 처음 이 말을 들었을 때, 아카데미즘을 상징하는 고상한 말로 이해했던 기억이 있다.

물론 성경이 말씀하는 진리는 학문적인 진리가 아니다. 진리는 바로 예수님이고, 예수님을 믿고 그의 가르침을 따르면 인간이 본질적으로 갈망하는 자유, 즉 인간에게 내재된 속박에서 자유를 얻게 된다는 메시지이다. 이는 죄로부터의 자유함, 죽음의 공포로부터의 해방, 세상의 물질과 권력, 온갖 악의 세력으로부터의 자유를 말한다.

진리이신 예수님은 개인의 내면적 자유와 함께, 인간이 현실에서 직면하고 있는 실제적인 고통과 억압으로부터의 자유를 위하여 자유를 외면적으로도 확대해 나가신다. 모든 인간은 하느님의 형상대로 창조되었으므로(창세 1,27) 존엄하고 평등하다는 믿음, 상대를 자신처럼 사랑하라는 예수님의 가르침(요한 13,34-35)은 정치, 사회, 경제 분야에서 모든 개인의 적극적인 참여를 정당화하고 역사 속에서 시민정신의 형성을 촉

●

23   대학의 엠블럼에 라틴어(Veritas vos liberabit)나 독일어(Die Wahrheit
     wird euch frei machen)로 이 구절이 많이 사용된다. 또 대학의 공식문서나
     주요 건축물에 새겨지기도 한다.

진하였다.

　"진리가 너희를 자유롭게 하리라."라고 말씀하시는 예수님은 우리 모두를 진정한 자유로 인도하시며 역사를 이끌고 계십니다. 아멘.

하느님이 이끄시는 시대정신

너희는 땅과 하늘의 징조는 풀이할 줄 알면서,
이 시대는 어찌하여 풀이할 줄 모르느냐

—루카 12,56

시대정신이란 무엇인가?

시대정신을 뜻하는 독일어 '차이트가이스트(zeitgeist)'는 '시간'을 의미하는 독일어 zeit와 '정신'을 의미하는 geist가 합성된 말이다. 시대정신(zeitgeist, spirit of the time)은 한 시대를 특징짓는 지적·도덕적·문화적 동향을 의미하며, 특정한 시기에 어느 사회에서 형성된 일반적 생각이나 믿음, 감정을 나타낸다고 정의할 수 있다.

시대정신이란 단어가 독일어 zeitgeist로 주로 쓰이는 이유는, 18세기 후반 독일 철학자 요한 고트프리트 헤르더 (Johann Gottfried Herder, 1744~1803)가 민족정신이란 개념을 제시한 후, 민족정신과 정신문화에 대한 연구가 독일의 역사철학자들에 의해 시작되었기 때문이다.

독일 철학자 헤겔은 시대정신의 개념을 변증법적으로 발전시키고 이를 역사를 추동하는 절대정신의 개념으로 확장했다. 또 시대정신은 문학작품에서도 나타나고 있는데, 괴테(Johann Wolfgang von Goethe, 1749~1832)가 쓴 『파우스트(Faust)』에서도 몇 차례 등장한다.[24]

우리나라의 시대정신

선거철이 다가올 때마다 정치인들은 으레 시대정신을 얘기한다. 시대정신은 그 시대를 사는 사회 구성원의 열망과 요구를 반영한다. 사회구성원들의 더 나은 삶을 위해서 국가와 사회는 무엇을 해야 하는지 역할과 행동을 요청하는 말이기도 하다.

인류 역사에서 볼 때, 시대정신으로 불릴 수 있는 흐름이 나타나기 시작한 시점은 사회구성원간 신분적 차별이 없어지

●

24 파우스트의 천국 프롤로그에서 악마 메피스토펠레스가 하느님과의 대화에서 시대정신을 경멸하는 대목이 나온다. "나는 지구로부터 오지 않았소. 당신 가까이는 있지만 지구를 혐오하오. 차라리 모든 고대 별계에 머물고 싶소. 내 원소는, 시간을 탓할 수 없지. 내 성질이나 시대정신의 불꽃을 탓하지 않겠소." 또 주인공 파우스트와 제자 바그너와의 대화에도 등장한다.

"하느님의 말씀은 어느 시대이든 그 시대의
어두운 구석을 비추고 우리를 더 나은
곳으로, 더 밝은 곳으로 인도하는 빛이며
시대의 정신이다."

고 시민계급이 정치의 주체로 등장한 민주적 근대국가 탄생
이후부터로 보아야 할 것이다. 고대 그리스-로마 시대부터 많
은 사상가와 철학자들이 이상적인 사회와 국가의 역할에 관해
주장을 펼쳐왔지만, 신분과 계급으로 고착된 사회구조를 기
반으로 한 신분사회의 시대관은 소수 지식인들의 철학적 담론
일 뿐 시대정신으로 불릴 수는 없을 것이다.[25]

　　우리나라에서 시대정신이라는 말은 해방 이후 건국과 더
불어 국가의 정체성이 확립되면서부터 쓰이기 시작하였다.
1960년대와 1970년대 우리나라는 경제성장의 열망이 매우 강
했던 시기였다. 빈곤을 벗어나 잘 사는 나라를 만들자는 국가
적 목표에 대다수 국민들의 암묵적 동의가 형성된 시기였다.
이러한 사회적 분위기는 자연스레 경제발전과 산업화라는 시
대정신을 형성했다.

　　이어진 1980년대는 그동안 국가가 주도해 온 경제개발정
책으로 소홀했던 자유와 인권의 문제, 또 압축적 성장의 결과
로 나타난 경제적 불평등에 대한 사회적 불만이 커지기 시작
했던 시기였다. 특히 이 시대에는 군사 쿠데타로 집권한 정치

●

25　플라톤은 저서 『국가(Politeia, The Republic)』에서 이상적인 정치형태로 민
　　주정치(Democracy)보다 신분에 의한 엘리트지배(Aristocracy)가 우월하다
　　고 주장하였다.

세력에 대한 정치적 갈등과 불만이 크게 고조된 시기이기도
했다. 따라서 권력기관의 통제와 정치적 억압으로부터 자유와
민주화의 요구가 거세지면서 민주화가 시대정신으로 대두되
었다.

1990년대에는 동구 사회주의 국가들의 몰락과 정보통신
기술의 획기적 발전을 배경으로 세계화, 정보화가 시대정신으
로 떠올랐으며, 2000년대에 들어서는 복지국가, 지방화, 분권
화 등이 시대정신으로 언급되었다.

시대정신을 일깨우신 하느님

인간은 어느 시대에나 더 나은 삶을 원하며 살아간다. 어
제보다는 오늘이, 오늘보다는 내일의 삶이 더 나아지기를 바
란다. 인간은 물질적으로나 정신적으로 더 인간답게 살기를
희망한다. 하느님은 모든 시대를 관통하는 시대정신으로 우리
를 이끌어 가신다.

하느님은 이스라엘 민족을 40년 동안 광야에서 이끄시면
서 어떤 물질적 은혜보다 하느님의 말씀이 중요함을 깨우치게
하셨다. 하느님은 몸소 기적을 보이시면서, 또 예언자들의 입
을 통하여, 또는 계약을 통하여 시대정신을 알리셨다. 그러나
"너희는 비가 오고 더워지는 날씨는 분별할 줄 알면서 시대는

풀이할 줄 모른다."(루카 12, 54-56)라고 자주 탄식하시면서, 시대의 표징(signs of the times)을 읽으라고 말씀하셨다. 요한복음서는 말씀이 하느님과 함께하고 말씀으로 생명을 얻은 인간은 빛을 통하여 어둠에서 밝은 곳으로 나아간다고 말하고 있다.

하느님의 말씀은 어느 시대이든 그 시대의 어두운 구석을 비추고 우리를 더 나은 곳으로, 더 밝은 곳으로 인도하는 빛이며 시대의 정신이다.

제 **3** 부

오늘, 우리 삶의 자리

좋은 울타리가 좋은 이웃을 만든다

이웃집이라고 너무 자주 드나들지 마라.
너무 많이 드나들면 그들이 너를 미워할 것이다.

— 잠언 25,17

서로에게 필요한 울타리

유학 시절, 경영대학원의 '재산권 사례' 수업은 매우 흥미로웠다. 역사가 일천한 미국에서 개인의 재산이 어떻게 보호되기 시작했고, 재산권에 관련된 분쟁이 어떤 방식으로 해결되어 왔는지, 그 역사적 과정을 탐구하는 수업이었다.

재미있는 한 가지 사례를 소개하면, 미국의 서부 개척 시대에 빈번히 발생했다는 목장 주인과 과수원 주인 사이에 생긴 울타리 분쟁을 들 수 있다. 목장과 과수원이 인접해 있을 때 경계를 나타내는 울타리를 세울 책임이 목장 주인과 과수원 주인 중 누구에게 있는지가 쟁점이었다. 소들이 과수원으로 들어가 피해를 입히지 않도록 목장 주인이 울타리를 세워서 목장 안으로 소들의 움직임을 제한해야 한다는(이를 'fencing in'이라고 함) 주장과 과수원 주인이 울타리를 세워서 소들이 자신의 과수원 안으로 못 들어오게 해야 한다(이를 'fencing out'이라고 함)는 주장이 대립되었다.[1]

　　목장 주인과 과수원 주인 모두, 자신들의 재산 범위를 표시하는 경계를 필요로 하며, 경계가 분명하다면 분쟁은 발생하지 않을 것이라고 확신하였다. 그 경계는 목장과 과수원 사이에 세워져야 할 울타리임은 말할 것도 없다.

좋은 울타리가 좋은 이웃을 만든다

　　프로스트(Robert Frost, 1874~1963)의 시 '담장 고치기(Mending Wall)'는 미국인들이 가장 사랑하는 시 가운데 하나로 알려져 있다. 이 시에 나오는 '좋은 울타리가 좋은 이웃을 만든다(Good fences make good neighbors)'는 시구는, 인간이 서로를 나누는 경계를 만들고 또 허물어진 관계를 고쳐감으로써, 더 나은 관계로 발전해 갈 수 있다는 철학적인 의미를 담고 있다.

●
1　유사한 사건에서, 1927년 법원은 과수원 주인(Hansen)에게 유리한 판결을 내리고, 목장 주인(Strand)은 과수원의 피해에 대한 보상과 울타리를 세우고 유지하는 책임이 있다고 판결하였다.

이 시의 주인공은 어느 봄날 이웃과 겨울 추위에 허물어진 담장을 고치기로 약속한다. 두 사람은 서로의 담장을 걸으며 자기 쪽으로 허물어진 돌들을 다시 쌓는다. 서로는 자연스럽게 마음속으로 대화를 나눈다.

'여기는 담장을 쌓을 필요가 없잖아요. 그쪽은 소나무밭이고 내 쪽은 사과나무밭이니 사과나무가 건너가서 소나무 솔방울을 먹을 리 없잖아요. 왜 담장을 세워야 좋은 이웃이 되나요? 우리는 소를 키우지도 않잖아요?'

그러나 좋은 울타리가 좋은 이웃을 만든다고 서로 다시금 확인하며 이 시는 끝난다.

우리는 각자 따로 그러나 함께 걸어가는 존재

인간은 개체적이고 독립적인 존재이다. 동시에 인간은 공동체적이고 상호의존적인 존재이다. 인간은 각자 개인의 삶을 살면서 이웃과 사회로 연결되며 공동체의 일원으로 생활해 간다. 인간의 이러한 본성으로 인하여 인간은 문화를 만들고 공동체의 가치를 형성한다. 인간은 완전히 독립적이지도 않고 완전히 의존적이지도 않다. 아마도 인간은 이 두 상태 사이에서 긴장하면서 역동적으로 발전해 가는 존재가 아닐까.

종교철학자 마르틴 부버(Martin Buber, 1878~1965)는 인간의 존재를 두 유형의 관계로 설명하고 있다. '나와 너(Ich-Du)'의 관계와 '나와 그것(Ich-Es)'의 관계이다. '나와 너'의 관계는 주체와 주체의 관계로, 나와 너의 존재 전체로 서로가 맺어지는 관계이며, '나와 그것'의 관계는 주체와 객체의 관계로, 범주화하거나 성취의 수단이나 도구로 만나는 관계이다. '나와 너'의 관계가 직접적이고 상호적이며 호혜적인 관계인 데 반해 '나와 그것'의 관계는 거래적이고 실용적인 관계라 할 수 있다.

부버는 인간이 진정한 관계를 맺는 데 있어서 필요한 과정을 개별화(individuation)로 설명하는데, 이는 단순히 자아의 고립된 발달이 아니라 타인과의 관계 속에서 형성된다고 말한다. 그는 개인이 타인과 분리되어 자신의 자아를 지나치게 강조할 때 발생하는 내재적 한계와 잠재적 문제를 개별화의 '한계'로 지적한다.

부버는 이 세상에서의 참된 관계는 개별화(Individuation)에 바탕을 두고 있다고 본다. 개별화는 관계의 기쁨이다. 왜냐하면 오직 개별화되어 있음으로 해서 '다른 자(die Verschiedener)'를 서로 인식할 수 있기 때문이다. 그리고 개별화는 관계의 한계이기도 하다. 왜냐하면 개별화되어 있음으로 해서 타자를 완전히 인식하는 일도, 인식되는 일도 불가능하기 때문이다. 그래서 완전한 관계에서의 나의 '너'는 나의 '자기'로 존재하지

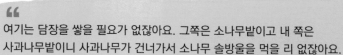
여기는 담장을 쌓을 필요가 없잖아요. 그쪽은 소나무밭이고 내 쪽은
사과나무밭이니 사과나무가 건너가서 소나무 솔방울을 먹을 리 없잖아요.

않으면서 나의 '자기'를 품으며, 나의 제한된 인식은 무제한으로 인식되는 경지로 승화된다.[2]

부버는 사람 사이의 진정한 관계를 위해서는 개별화가 필수적이기는 하지만, 이 과정이 너무 자기중심적이 되거나 자신의 개성에 집중하게 되면, 다른 사람과 주변 세계와의 관계를 소홀히 하게 되는 위험성을 지적한다. 왜냐하면 인간은 개별화를 거치면서 다른 사람과의 관계가 후퇴되는 것이 아니라, 진정한 관계를 위해 보다 필요한 더 깊은 역량을 키워갈 수 있기 때문이다.

---

2   마르틴 부버(Martin Buber), 『나와 너』(문예출판사, 2022), p. 145.

예수님과 딜레마

황제의 것은 황제에게 돌려주고
하느님의 것은 하느님께 돌려드려라.
그들은 이 말씀을 듣고 경탄하면서 예수님을 두고 물러갔다.

— 마태 22, 21-22

딜레마

우리는 매일 일상생활에서 수많은 의사결정을 한다. 의사
결정을 수행하는 인간의 뇌는 마치 컴퓨터의 알고리즘처럼 작
동한다. 여러 대안을 서로 비교하고 그중에서 가장 적합한 방
안을 찾아낸다. 예를 들어, 내가 서울역에 가기로 마음먹으면
택시를 타고 갈까, 지하철을 이용할까, 아니면 버스로 갈까, 여
러 방법이 비교되고 그중에서 나에게 가장 적합한 방법이 선택
된다.

그러나 때때로 우리는 원하지도 않고 기피하고 싶은 대안
밖에 없는 상황에 놓이기도 한다. 이런 경우는 불행하게도 기

피하고 싶은 방안들 중에서 한 방법을 선택할 수밖에 없다. 이처럼 의사결정에서 어려운 결과가 미리 예견되는 상황, 의사결정자가 궁지(窮地)에 몰리는 상황을 딜레마라고 말한다. 딜레마 (dilemma)는 그리스어 디렘마(δίλημμα)에서 유래했다. 이는 둘을 뜻하는 디(δι, di)와 제안, 명제를 의미하는 렘마(λήμμα, lēmma)의 합성어이다.

딜레마는 문자 그대로 두 가지 명제가 있는 상황을 말하며, 두 가지 어려운 옵션 또는 바람직하지 않은 옵션 중 하나를 선택해야 하는 상황을 나타낸다.

예수님의 딜레마 해법

회피할 수 없는 딜레마 상황에서 우리는 어떤 선택을 해야 하는가. 우리는 분명히 합리적인 판단에 근거해서 예견되는 불행(예를 들면, 경제적, 심리적 손해 등 의사결정자가 입는 모든 피해)을 최소화하는 방안을 선택할 것이다. 그러나 도덕적 판단이나 윤리적 평가가 수반되는 딜레마 상황에서는 합리성은 더 이상 판단의 근거가 되지 못한다.

트롤리 문제를 예로 들어 보자.[3] 규정에 따라 전차를 그대

---

3   트롤리 문제는 1967년 영국 옥스퍼드대학 풋(Philippa Foot) 교수가 철학

로 진행시키면 다섯 사람을 죽게 하지만, 선로를 바꾸면 한 사람이 죽게 된다. 선로를 바꾸어 다섯 사람을 살리고 한 사람을 죽게 할 것인가? 아니면 전차를 그대로 달리게 하여 다섯 사람이 죽는 것이 더 나은가? 이 딜레마 상황에서는 모두가 동의하는 합리적인 방법은 없다. 이 딜레마에서 공리주의(utilitarianism)나 도덕적 의무론(deontological ethics)은 각각 선택을 옹호하는 철학적 사상일 뿐 해결책을 완벽하게 지지하지는 못한다.

　예수님은 짧은 공생활 동안 수많은 딜레마를 겪으시지만, 놀라운 방법으로 이를 해결해 가신다. 로마제국의 통치를 지지하는 헤롯 당원들과 민족주의자인 바리사이들은 정치적·종교적으로 대립하는 사이였지만, 예수님을 딜레마에 빠뜨리기 위해 함께 음모를 꾸민다(마태 22, 15-18).

　예수님이 어떤 답을 하더라도 곤경에 처하도록 황제에게 세금을 내야 하는지, 내지 말아야 하는지를 묻는다. 그들의 계략에 예수님은 '황제의 것은 황제에게 돌려주고 하느님의 것은 하느님께 돌려드려라.'라고 말한다. 그들은 이 말씀을 듣고 경

●

적 논의를 진행하기 위해 고안해 낸 사고(思考) 실험(thought experiment) 문제를 말한다. 그로부터 9년 후인 1976년 미국의 철학자 톰슨(Judith J. Thomson)은 선로 위 인도교에 서 있는 사람을 설정하여 트롤리 문제의 두 번째 버전을 소개하였다.

"세금을 내야 합니까, 내지 말아야
합니까?"
"황제의 것은 황제에게 돌려주고 하느님의
것은 하느님께 돌려드려라."

탄하면서 예수님을 두고 물러간다(마태 22, 21-22). 루카복음에서
는 경탄하며 입을 다물었다(루카 20, 26)고 기록되어 있다.

여기에 나오는 그리스어 타우마조(θαυμάζω, thaumazo)는
'놀라다', '경탄하다'라는 뜻으로, '예수님의 지혜에 놀라며 함
께 그 신성에 놀라고 감탄하다'라는 의미를 담고 있다.

딜레마에서 예수님의 신성을 확인하고 놀라는 군중의 의
장면은 루카복음 8장에도 등장한다. 회당장 야이로의 죽어가
는 열두 살 되는 딸과 12년 동안 하혈해 온 여자가 등장하는
딜레마 장면에서, 예수님은 여인의 병을 고치고 죽은 줄 알았
던 아이를 살린다. 아이의 부모는 몹시 놀랐다.[4]

열쇠는 주님께 맡기고

오늘날 우리의 삶은 문제의 연속이라 해도 과언이 아니
다. 경쟁사회에서 어려운 문제없이 살아가기는 쉽지 않다. 불
안정한 미래를 생각하면 지금 우리가 부딪히는 문제들은 갈수
록 어려워질지도 모른다. 트롤리의 문제에서 보듯, 우리에게
다가오는 많은 문제들은 인간의 이성과 합리성만으로 해결되

●

4   여기서 나오는 '놀라다'의 엑시스테미(eksístēmi, ἔστησαν)는 완전히 놀라
     거나 충격을 받아 거의 정상적인 정신 상태에서 벗어날 지경을 말하는 것으
     로 '타우마조'보다 더 강렬한 반응이다.

지는 않는다.

마리아는 자신에게 닥친 엄청난 딜레마에서 하느님께 자신을 내어 맡긴다.

모든 일을 이해할 수 없었지만 '보십시오, 저는 주님의 종입니다. 말씀하신 대로 저에게 이루어지기를 바랍니다'(루카 1,38). 이것이 마리아의 대답이었다. 하느님은 우리를 항상 놀라게 하신다. 하느님은 우리에게 '나에게 맡겨라, 두려워하지 말라, 놀라운 일을 볼 수 있게 내어 맡기거라' 하고 말씀하신다 (교황 프란치스코, 2013년 10월 13일 강론).

하느님은 우리의 피난처이시요 힘이시고 환난 중에 만날 큰 도움이다. 내 삶의 열쇠를 온전히 주님께 맡기는 것, 그것만이 온갖 딜레마에서 헤어날 수 있는 길이다. 그것만이 '놀람과 경탄'의 삶을 살 수 있는 길이다.

보이즈타운(Boys Town) 방문기

자네의 시작은 보잘것없었지만
자네의 앞날은 크게 번창할 것이네.

— 욥 8,7

하느님의 역사

2017년 가톨릭 꽃동네대학 재직시 사회복지학 전공 교수들과 함께 미국의 사회복지기관 보이즈타운을 방문한 적이 있다. 미국 중서부에 있는 네브래스카주의 오마하(city of Omaha)에 위치한 사회복지기관으로, 1917년 아일랜드계 가톨릭 사제 플래너건(Edward J. Flanagan, 1886~1948) 신부에 의해 설립된 불우 청소년과 문제 가정을 돌보는 사회복지 시설이다.

보이즈타운은 필자가 과거 1년간 연구년을 보낸 네브래스카 대학에서 멀지 않은 곳에 위치해 있어 여러 번 가본 적이 있었다. 이번 방문은 현재 보이즈타운의 5대 대표로 있는 보즈 신부(Father Steven Boes)와 관계자들의 설명을 청취하고, 3일간 현장 견학으로 비교적 상세히 보이즈타운의 면면을 살펴볼 수 있었던 좋은 기회였다.

엄청난 크기의 보이즈타운에는 여러 학교들과 가정회복을 위한 프로그램을 운영하는 독립가옥들, 직업훈련을 위한 건물, 병원, 소방서, 우체국, 연구소, 채플 등 미국의 작은 도시 규모를 능가하는 기본 시설을 갖추고 있었다. 특히, 어린이에 특화한 보이즈타운 병원은 몇몇 특수분야에서는 임상 연구와 치료에서 세계적인 평가를 받고 있다고 한다.

그러나 필자가 감동한 것은 훌륭한 시설과 큰 규모가 아니라, 보이즈타운이 지향해온 포용과 개방의 정신을 운영진과 시설 종사자들로부터 느꼈기 때문이었다. 보이즈타운은 미국 오마하 가톨릭 대교구(the Catholic Archdiocese of Omaha)에 속해 있고, 설립 이래 줄곧 가톨릭 사제가 대표를 맡아 오고 있지만, 영내에는 가톨릭교회(Dowd Memorial Chapel)와 함께 멋진 개신교 교회(Protestant Chapel of the Nativity of Our Lord)도 세워져 있었다.

하느님이 하시는 일

20세기에 들어서면서 미국에서는 수많은 복지기관이 등

장했고, 또 흔적도 없이 사라지기도 했다. 그러나 보이즈타운은 100년이 지난 오늘까지도 여전히 존재하고 지속적으로 번창하여, 오늘날 미국에서 가장 사랑받는 복지시설 중 하나로 성장해 오고 있다. 다섯 명의 고아를 자신의 숙소에서 돌보던 것으로 시작된 보이즈타운이 이처럼 성공하고 있는 비결은 무엇일까?

젊은 사제 플래너건 신부가 보이즈타운을 시작한 1917년과 그 이후 그가 사망한 1948년까지 약 30년의 기간은 미국이 정치·사회·경제적으로 가장 혼란스러웠던 시기였다. 이 시기는 제1차 세계대전과 제2차 세계대전이 발발했던 전쟁의 시기로, 전쟁의 공포가 전 세계를 뒤덮었다. 두 전쟁에 모두 연합국으로 참전한 미국도 국내적으로 정치적 갈등과 의견대립으로 큰 사회적 혼란을 겪었다. 특히 이 시기 미국은 흑백 간 인종 갈등이 매우 심각했었다. 30개 이상의 주에서 흑백 간 결혼이 아예 법으로 금지되었으며, 군대에서조차 흑인은 백인과 다른 부대에 소속되었다. 흑인을 백인과 분리하자는 사회적 분위기가 팽배했던 시기였다.

이 시기에는 미국의 가톨릭교회와 미국 종교인구의 다수를 차지하는 개신교 교회 사이에도 긴장이 생겨났다. 19세기와 20세기 초, 특히 아일랜드와 이탈리아, 폴란드 등 남부 유럽에서 온 많은 가톨릭 이민자들은 다수가 개신교 신자인 미국인들과 긴장 관계를 일으키기 일쑤였다. 때로 일부 개신교 신자들은 가톨릭교회가 유럽 국가들과 관계가 깊고, 미국이 아니라 교황에 대한 충성을 보인다고 생각하여 가톨릭을 의심의 눈으로 보기도 했다.

무엇보다 심각한 사회문제는 이 시기 미국이 겪은 대공황 (great depression)이었다. 1929년의 주식시장 붕괴와 함께 시작된 미국의 대공황으로 1930년대는 내내 심각한 경기 침체의 시기였다. 경제적 어려움으로 많은 가정이 붕괴되고 아이들은 보살핌을 받지 못하여 고아가 되거나 거리로 내몰리게 된다.

이러한 시대적 배경 속에서 보이스타운을 만든 플래너건 신부는 이 작업이 하느님이 자신에게 내리신 영적 소명이라고 확신했다. 그가 느꼈던 이러한 강한 소명감은 "내가 하고자 하는 일은 내가 있든 없든 지속될 것입니다. 왜냐하면 이 일은 나의 일이 아니라 하느님의 일이기 때문입니다."라고 말한 그의 고백(자서전)에 잘 나타나 있다.[5]

현재 가톨릭교회에서 성인 후보에 올라 있는 플래너건 신

5　*Father Flanagan of Boys Town: A Man of Vision*, Hugh Reilly and Kevin Warneke.

" 보이즈타운은 1917년 아일랜드계 가톨릭 사제 플래너건
신부에 의해 설립된 불우 청소년과 문제 가정을 돌보는
사회복지 시설이다. "

부는 교회의 사명을 영혼을 구원하는 것보다 훨씬 더 넓은 것으로 인식하였다. 그는 자신이 섬기는 사람들의 영혼의 구제뿐만 아니라, 그들의 삶의 질이 높아지기를 간절히 원했던 것이다.

보이즈타운의 성장 ― 변화와 혁신의 조직문화

1917년 12월 친구로부터 90달러를 빌려 고아 5명을 위해 마련된 숙소, 보이즈타운으로 이름 붙인 이 조직이 오늘날 11억 달러가 넘는 엄청난 기금(Father Flanagan's Fund for Needy Children)을 보유한 미국 최대의 비영리 조직(nonprofit organization)으로 성장했다. 보이즈타운이 운용하는 기금(endowment) 규모는 우리나라 상위 17개 대학들이 운용하는 기금을 모두 합한 금액보다 훨씬 큰 금액이다.[6] 미국대학의 운용 기금과 비교해도 하버드, 예일, 스탠포드, 시카고, 프린스턴, 콜롬비아 및 코넬 등 유명 사립대학들보다는 적지만 20위권에 이르고 있다. 비영리 조직의 기금 규모는 그 조직이 얼마나 많

●

6   2016년 기준 서울대학교 589억 4,750만 원, 약 5,200만 달러, 고려대학교 3,670만 달러, 연세대학교 약 2,900만 달러, 한국의 상위 17개 대학의 평균 기금 규모는 약 170억 4,300만 원, 약 1,500만 달러.
출처:https://en.snu SNU Tops National Endowment.

은 사람들로부터 지지를 받고 있는지를 보여주는 지표 중 하나라고 할 수 있다.

고통받는 청소년을 돌보기 위해 인종 간 차별과 종교 간 벽을 넘어 온갖 사회적 편견에 도전했던 플래너건 신부는 진정한 개혁가이자 하느님의 종이었다. 그가 진행한 많은 일들은 그 당시 미국 사회로서는 대단히 혁신적인 것이어서 많은 사람들은 보이즈타운을 두고 절대 성공할 수 없는 모험이라고 생각하기도 했다.

보이즈타운의 성장은 하느님이 주신 영적 소명을 실천하려는 플래너건 신부의 굳센 의지와 명료한 비전, 그리고 보이즈타운의 핵심 가치(core value)를 변화와 혁신으로 더 가치있게 계승한 플래너건을 뒤이은 리더들의 헌신 때문이라고 생각된다. 그들은 플래너건 신부의 비전을 공유하고 변화가 요청되는 시기마다 그에 적합한 리더십으로 혁신을 주도해 왔다. 이들은 무엇이 가장 좋은 방식인지 끊임없이 찾고 탐구하고 고무시키는 보이즈타운의 조직문화를 만들어내었으며, 또 다른 리더십이 필요할 때는 주저 없이 물러설 줄 아는 겸양의 지도자들이기도 했다.

EPRG 모델

너희는 가서 모든 민족들을 제자로 삼아,
아버지와 아들과 성령의 이름으로 세례를 주어라.
— 마태 28, 19-20

신앙의 EPRG 모델

EPRG 모델은 기업이 국내기업에서 세계기업으로 성장해가는 과정을 설명하는 기업의 국제화 과정 이론이다. 미국의 펄뮤터(H. V. Perlmutter) 교수는 한 나라의 기업이 국내시장에서 시작하여 해외시장으로 눈을 돌리고 점차 사업의 범위가 확대되면서 다국적화되는 일련의 기업의 변화 과정을 EPRG(Ethnocentric 자민족/자국 중심적, Polycentric 현지 중심적, Regiocentric 지역 중심적, Geocentric 지구 중심적)라는 모델로 설명하였다.

가톨릭교회의 성장 과정을 살펴보면, EPRG 모델처럼 유대민족 중심의 자민족 중심 교회에서부터 시작되어 지구 중심적 교회로 발전해 왔다. 가톨릭교회는 처음에는 유다 지방(오늘날의 이스라엘과 팔레스타인)의 제한된 지역에서 출발하지만, 점차 더 넓은 지역으로 확산(diffusion)되고, 오늘날에는 지구적인 교회로 발전하였다. 예수님은 전 세계를 무대로 삼고 전 세계 인류로 하여금 복음을 듣게 하셨다.[7]

부활하신 예수님은 제자들에게 나타나시어 "너희는 온 세상에 가서 모든 피조물에게 복음을 선포하여라."(마르 16,15)고 말씀하시며, 구체적으로 지구 중심적 교회로 방향을 제시하셨다. 또 "너희는 가서 모든 민족들을 제자로 삼으라."(마태 28,19-20)고 말씀하시며, 제자들에게 전교의 사명을 부여하는 장면도 나온다.

이에 따라 예수님을 따르는 소수인 열두 제자로 시작되었던 교회는 신분과 계층, 인종과 민족을 넘어 확산되었다. 가톨릭교회의 이러한 '자민족 중심적'에서 '지구 중심적'으로의 변화 과정을 필자는 '신앙의 EPRG 모델'이라고 이름 붙여 보았다. 가톨릭교회는 유대교처럼 '자민족 중심적(Ethnocentric)'인 종교도 아니며 이슬람교처럼 '지역 중심적(Polycentric,

---

7   제임스 기본스(James Gibbons, 1834~1921), 『교부들의 신앙』, 장면 편역, p. 62.

Regiocentric)'으로 발전한 종교도 아니다.

가톨릭교회는 지구적으로 일치를 이루는 보편교회를 지향하고 있다. 가톨릭의 어원[8]이 뜻하는 바도 그러하지만, 신앙고백에서 '우리는 거룩하고 보편된 교회'를 믿는다고 고백한다.[9]

'하느님 중심'의 신앙

예수님을 따랐던 열두 제자는 서로 다른 환경과 개인적 배경으로 예수님에 대한 이해와 기대가 서로 달랐다. 각자 자기중심적인 믿음을 가졌던 것이다.

로마서 12장 2절은 믿음의 모범답안이자 믿음의 완성형을 제시해 준다. "여러분은 현세에 동화되지 말고 정신을 새롭게 하여 여러분 자신이 변화되게 하십시오. 그리하여 무엇이 하느님의 뜻인지, 무엇이 선하고 무엇이 하느님 마음에 들며 무엇

●

8   가톨릭(catholic)은 '보편적, 일반적'이라는 뜻의 그리스어 katholikos에서 유래한 말이다. 안티오키아의 주교였던 이냐시오 성인이 가톨릭이라는 말을 처음으로 교회를 표현하는 데 사용하였다.

9   '보편교회'의 의미는 특정 지역이나 국가, 특정 시대에 국한되지 않고 인류 전체를 대상으로 하는 교회라는 의미이다. 보편교회는 니케아-콘스탄티노폴리스 신경에 반영되어 있는데, '하나이고 거룩하고 보편되며 사도로부터 이어오는 교회를 믿나이다.'라고 고백한다.

이 완전한 것인지 분별할 수 있게 하십시오." 현세에 동화되지 (conform) 말고 변화(transform)하여 하느님의 뜻이 무엇인지, 하느님 중심적인 믿음을 가지라고 말한다.

헨리 뉴먼(John Henry Newman, 1801~1890)[10] 성인은 하느님 중심적인 믿음을 위해서는 우리의 신앙이 지속적으로 변화해야 한다고 강조한다. 그러나 자기중심의 믿음이 하느님 중심으로의 믿음이 되기 위해서는 연단을 거쳐야 한다. 영적 성장의 여정은 우리의 교만, 이기심, 시기, 질투, 욕심, 집착하는 마음이 회개와 겸손, 순종, 사랑, 비움의 마음과 교차되고 충돌하는 지속적인 과정이다.

놀라운 것은, 자기중심에서 하느님 중심 신앙으로의 변화는 우리의 노력이 아니라, 하느님의 은총과 성령의 도움으로 이루어진다는 사실이다. 요한복음 16장 13절은 "우리 안에 계시는 하느님이 우리를 변화시키고 거룩함으로 인도한다."고 말한다. 우리를 진리로 인도하여 우리를 이기적인 성향 너머로 볼 수 있게 해주는 성령의 도움 없이는 '하느님 중심의 신앙'으로 변화될 수가 없는 것이다.

•

10   영국의 가톨릭 신학자이자 철학자, 작가. 성공회 사제였으나 개종 후 추기경이 되었고, 2019년에 가톨릭 성인으로 시성되었다.

"
미국의 펄뮤터 교수는
한 나라의 기업이 점차
사업의 범위가 확대되면서
다국적화되는 일련의
기업의 변화 과정을
EPRG(Ethnocentric
자민족/자국중심적, Polycentric
현지중심적, Regiocentric 지역중심적,
Geocentric 지구중심적)라는 모델로
설명하였다.
"

에크하르트(Meister Eckhart, 1260~1327)[11]는 하느님 중심의 신앙의 완성단계를 더욱 확장하여 '신과의 합일'이라고 말하고, 이를 '절대자인 하느님께 이르는 길'이라고 말하기도 한다. 그는 인간이 자신을 완전히 비우고 인간에 내재된 영혼의 불꽃에 따라 하느님의 작용에 나를 맡기면, 우리가 더욱 하느님 안에 있게 된다고 말한다.

영성가 안셀름 그린(Anselm Grün, 1945~)[12]은 '하느님 중심의 삶은 결국 자아를 버리는 것'이라고 말한다. 자아를 버리는 사람은 관계와 지식을 잃는 것이 아니라, 하느님 안에서 진정한 자유를 누리게 된다는 것이다.

•

11 독일의 가톨릭 수사, 신비 사상가이다.
12 독일 베네딕도회 신부, 작가, 영성가이다.

가족은 하느님의 아이디어

여러분은 이제 더 이상 외국인도 아니고 이방인도 아닙니다.
성도들과 함께한 시민이며
하느님의 한 가족(members of God's household)입니다.

— 에페소서 2,19-20

가족 ― 삶의 근원적인 구조

미국 통계조사기관 퓨리서치센터(Pew Research Center)는 2021년 3월 실시한 17개국의 성인 대상 설문조사에서 인생의 가장 의미 있는 요소로 '가족'을 꼽은 응답자가 제일 많았다고 발표하였다.[13] 어느 재벌기업의 회장은 비상 경영회의에서 '마누라하고 자식 빼고 다 바꾸자'라고 말한 적이 있었다.

●

13 2021년 3월 우리나라를 포함한 선진국 17개국 약 1만 9천 명의 성인을 대상으로 한 '무엇이 인생을 의미있게 하나?(What makes life meaningful?)'를 묻는 개방형 설문조사로, 가족(family)이 제일 많았고, 다음으로 직업, 물질적 풍요, 건강 순이었다.

개혁을 말할 때마다 자주 회자되는 이 말은, 조직이 생존하기 위해서는 모든 것, 회사의 관행이나 절차, 생각, 조직문화 등 모든 것이 바뀌어야 한다는 것을 강조하는 말이었다. 하지만 이 말은 마누라와 자식, 가족관계는 바꿀 수 없는 것임을 암시하기도 한다.

가족은 사회를 구성하는 기본 단위인 가정(家庭, household)의 구성원을 함께 일컫는 말이다. 가족의 범위가 어디까지인지는 명료하지 않지만, 2008년 호주제가 폐지되기 전에는 할아버지, 할머니, 손자, 형제, 배우자, 자녀, 때로는 사촌까지를 모두 포함하는 개념으로 이해되기도 했다.[14]

독일 사회학자 퇴니스(F. Tönnies, 1855~1936)는 가족은 인간의 본질적 의지(wesenwille)에 의해 결합되는 자연발생적이며 가장 기초적인 감정적 결합체라고 정의한다.[15]

사회학이나 인구통계학에서 정의하는 가족이 어떠하든, 가족은 사회와 한 나라를 구성하는 가장 기본적인 단위임이 분명하다. 우리 몸의 세포가 병들면 몸 전체가 병드는 것처럼,

●

14 현재 법률적으로 가족관계임을 나타내는 가족관계증명서에는 나를 기준으로 부모, 배우자 및 자녀가 가족으로 되어 있다.
15 퇴니스(F. Tönnies)는 공동체를 게마인샤프트(Gemeinschaft)와 게젤샤프트(Gesellschaft)로 분류했다. 게마인샤프트의 특징은 혈연(血緣)—지연(地緣)—정신적 결합 등 애정을 기초로 하여 이루어진 사회 집단이다.

가족이 건강치 않으면 사회가 병들고 결국 그 사회는 멸망의 길로 들어서게 될 것이다.

마더 데레사(Mother Teresa, 1910~1997)는 개인이 겪는 고통, 가난과 질병, 그리고 사회적 증오와 차별 등 이 시대의 모든 문제를 가정의 문제로 진단하였다. "평화와 전쟁은 가정에서 시작됩니다. 진정으로 세상의 평화를 원한다면 가족 안에서 서로 사랑하는 것부터 시작합시다. 세상에 기쁨을 전하고 싶다면 먼저 모든 가족이 기쁨을 누려야 합니다."[16]라며 가족의 중요함을 강조했다.

가족 ─ 하느님의 정의(定義)

하느님의 인류 구원 계획은 창세기에서 아브라함─이사악─야곱으로 이어지는 가족으로 전개된다. 하느님은 선택하신 사람들의 대를 이어가는 가족을 통해서 그 계획을 실현해 가신다. 말하자면 가족은 인류의 구원 계획을 펼쳐가시는 하느님의 수단이었다고 해야 할 것이다. 따라서 가족에 대한 하느님의 개념은 선택된 사람들만의 단선적(單線的)인 연결이 아

16 *In My Own Words: The Words of Mother Teresa*, Gramercy Books, NY, 1998, p. 26.

가족은 인류의 구원 계획을 펼쳐가시는
하느님의 수단이었다. 가족에 대한
하느님의 개념은 선택된 사람들만의
단선적(單線的)인 연결이 아니라 훨씬
광범위하고 포괄적인 것이었다.

니라 훨씬 광범위하고 포괄적인 것이었다.

예수님도 몇 차례 가족에 대한 이러한 생각을 비친 적이 있었다. 예를 들면, 당신을 찾는 부모님에게 예수님은 "왜 저를 찾으셨습니까? 저는 아버지의 집에 있어야 하는 줄을 모르셨습니까?" 하고 반문한다. 그러나 그들은 예수님이 한 말을 알아듣지 못하였다(루카 2, 49-50).

가족에 대한 예수님의 정의는 마태복음 12장 46-50절에서 분명하게 나타난다. 예수님을 찾아온 어머니와 형제들에게 예수님은 "누가 내 어머니이고 내 형제들이냐?" 하고 반문하신다. 그리고 당신 주위에 앉은 사람들을 둘러보시며 "이들이 내 어머니고 내 형제들이다. 하느님의 뜻을 실행하는 사람이 바로 내 형제요 누이요 어머니다."라고 말씀하신다. 처음 이 부분을 읽었을 때 나 자신이 성모님 생각으로 적잖이 당황했던 기억이 있지만, 가족은 확실히 생물학적 관계를 넘어 하느님의 뜻을 함께하는 영적인 관계로 확장됨을 알 수 있다.[17]

아우구스티누스 성인은 『고백록』에서 어머니 모니카의 죽

•

17   마태복음 12장의 이 부분에 해당하는 라틴어 성경(Vulgate)에는 '퀴쿰케 (quicumque)'라는 단어가 나오는데, 이는 '누구든지', '어느 누구라도'라는 의미이다. 따라서 이 구절은 '하늘에 계신 내 아버지의 뜻을 행하는 자는 누구든지 내 형제요 자매요 어머니이다.'라는 의미이다.

음을 회상하면서 가족에 대해 이야기한다. 그는 하느님에 대한 믿음과 순종으로 형성되는 영적인 관계가 생물학적 유대보다 우월함을 강조한다. "지나가는 이승에서 그녀는 나의 어머니였고 당신(하느님)의 영원한 교회에서 그녀는 나의 자매였습니다. 왜냐하면 그녀는 당신의 종이었고 당신의 딸이었기 때문입니다."[18]

●

18 *Confessions*, Book IX ch. 13. "In this passing world, she was my mother; but in Your Church, she was also my sister, for she was Your servant and Your daughter."

정의 — 하느님이 세우신 기준

사람들이 그의 이름을 '주님은 우리의 정의'라고 부르리라.

— 예레 23, 6

정의

우리는 누구나 이 세상이 정의로운 세상이 되기를 원한다. 나와 내 가족이 살아가면서 억울한 일 당하지 않고 부당한 대접 받지 않으며 인간답게 공정한 대우를 받고 살아가기를 원한다. 나와 내 가족만 그렇게 살기를 바라는 게 아니라 내 이웃도 그렇게 되기를 나는 바란다.

정의는 그리 복잡하고 어려운 개념이 아니다. 정의는 사람과 사람의 올바르고 정당한 관계를 알려준다. 정의는 서로를 편안하게 연결해 주는 덕목이고 질서 있는 공동체를 위해 요구되는 최소의 도덕률이다.

70년대 언제쯤인가 우리 사회에 갑자기 '정의 사회 구현'이라는 거창한 구호를 내세우던 사람들이 있었다. 전혀 그렇지 않게 행동하던 사람들이 사회를 정의롭게 하겠다고 소리친 적이 있었던 것이다.

　　디케(Δίκη, Dike)는 그리스 신화에 나오는 정의의 여신이다. 제우스와 테미스(Themis)의 딸인 디케는 정의, 도덕적 질서, 공정한 판단을 상징하는 여신으로 저울, 때로는 칼을 함께 든 젊은 여성으로 묘사되었다. 로마신화에 등장하는 유스티치아(Justitia)도 디케와 같이 정의의 여신이다. 오늘날 우리가 쓰는 '정의'의 영어 justice는 유스티치아에서 나온 말이다. 유스티치아 여신은 때로는 눈을 가린 모습으로 그려지기도 했다.

　　이렇게 볼 때, 정의란 이들이 손에 든 저울이 의미하는 공정함과, 칼이 상징하는 엄격함, 그리고 눈을 가린 모습이 상징하듯 사사로움을 떠난 불편부당(不偏不黨)함의 의미가 함축되어 있음을 알 수 있다. 정의의 여신 디케(Dike)와 법을 의미하는 디카이오(dikaio, δίκαιο)는 같은 어근 다이크(dike, δίκη)에서 유래한 것임을 볼 때, 정의와 법은 불가분의 가까운 관계임도 알 수 있다.

정의의 기준을 세우시는 하느님

모세는 그들의 백성이 정의로운 사회에서 살기 위해서는 하느님을 본받아야 한다고 생각했다. 하느님은 모세를 통해 인간과 계약(Mosaic Covenant)을 맺으며 정의의 기준을 세우신다. 하느님은 사람들과 몇 차례 계약을 맺으시는데, 첫 번째 계약은 대홍수에서 살아남은 노아와 그의 세 아들에게 복을 내리면서 맺은 계약이다(창세 9, 1-7).

두 번째 계약은 하느님이 아브람과 그 후손들을 축복하시면서 맺으신 계약이다(창세 15, 1-21). 그리고 세 번째 계약은 하느님이 시나이산에서 모세를 통하여 이스라엘 민족과 맺으신 계약이다(탈출 42, 1-18).[19]

하느님이 모세를 통하여 인간에게 주시는 열 가지 말씀(decalogue)은 단순한 법이 아니라 우리가 자유롭고 인간답게 살아가는 방향을 가르쳐 주신다. 또 건강하고 올바른 사회를 이루는 원리를 제시해 주고 있다. 십계명으로 알려진 이 율법은, 수천 년의 시간이 지나도 변함없이 지켜져야 할 윤리 규범이며 개인과 공동체를 위한 정의의 대헌장이다.[20]

●

19   정진석, 『민족 해방의 영도자 모세(상)』, 가톨릭출판사, 2005, p. 238.
20   제1, 2, 3계명은 하느님께 대한 계명으로 하느님에 대한 인간의 본분을 규정하고, 제4계명부터 10계명은 인간의 기본윤리를 규정하고 인간 상호 간

정의와 공정

일반적으로 정의를 말할 때 우리는 눈을 가리고 균형잡힌 저울을 든 정의의 여신 유스티치아의 이미지를 떠올린다. 정의는 편파적이지 않고 엄격함과 공평함을 중시한다. 한편, 공정이란 말도 정의와 함께 자주 등장한다. 성경의 시편 72편은 솔로몬 왕의 정의와 공정을 간구하는 기도로 시작된다.[21]

잠언에도 "정의와 공정을 실천함이 주님께는 제물보다 낫다."라는 구절이 나온다(잠언 21,3). 또 예레미야서에도 정의와 공정을 세상에 실천하는 분이 하느님이며(예레 9,23), 타락한 예루살렘에 정의와 공정을 다시 세우는 메시아가 등장하리라는 하느님의 약속이 나온다(예레 23,5). 아모스 예언자는 "공정을 물처럼 흐르게 하고 정의를 강물처럼 흐르게 하여라."라고 말한다(아모 5,24).

정의와 공정(영어 성경의 righteousness와 justice)은 히브리어 성경의 '미슈팟(mishpat)'과 '체다카(tzedakah)'를 각각 번역한 것으로, 미슈팟은 '사회를 지탱하는 사법적인 정의'라고 할 수 있

•

의 올바른 관계와 정의와 공정의 기준을 담고 있다.

21 "하느님, 당신의 공정(justice)을 임금에게, 당신의 정의(righteousness)를 왕자에게 베푸소서. 그가 당신의 백성을 정의로, 당신의 가련한 이들을 공정으로 통치하게 하소서."(시편 72,1-2).

공정을 물처럼 흐르게 하고 정의를
강물처럼 흐르게 하여라.

다. 잘못하면 벌을 받고 손해를 입히면 보상하도록 공평함을 요구하는 정의이다. 그러나 미슈팟만으로는 우리가 원하는 완전한 사회가 되지는 않는다. righteousness, 공정으로 번역되는 체다카도 필요한 이유이다. 공의(公義)로 번역되기도 하는 체다카는 하느님의 뜻에 따르는 올바른 삶과 이에 부합하는 개인적 도덕성을 요구하며 자비심, 친절함, 관대함의 의미도 담고 있다.

유대인 신학자 조너선 색스(Jonathan Sacks, 1948~2020)는 체다카와 미슈팟은 정의의 서로 다른 형태를 나타내며, 미슈팟은 법의 지배를 뜻하는 응보적(應報的, retributive) 정의이고, 체다카는 흔히 사회적 정의라 불리는 분배적(分配的, distributive) 정의를 의미한다고 설명한다.[22]

하느님이 세우시는 정의는 일반적인 정의의 개념과 공정의 개념을 포함하는 더 넓은 의미임을 알 수 있다. 이사야는 건축물의 정렬 상태를 확인하는 줄자(qab)와 저울(mishqeleth)에 비유하여 정의의 기준은 변함이 없고 정확해야 하며 국가와 사회를 유지하고 발전시키는 필수 조건임을 강조한다.[23] 튼튼

●

22   Jonathan Sacks, *The Dignity of Difference*. Bloomsbury Publishing, London, 2003, p. 113.

23   "나는 공정(justice, mishpat)을 줄자(the measuring line)로, 정의(righteous-

한 국가와 정의로운 사회는 정의와 공정의 두 기초로 세워져야 함을 하느님은 이미 2천 년 전에 강조하시고, 지금 이 순간에도 지상의 모든 나라가 법의 정의를 실천하는 법치국가로, 사회적 정의를 실현하는 복지국가로 발전하여 마침내 하느님의 나라가 완성되도록 역사를 이끌어 가신다.

●

ness, tzedakah)를 저울(the plumb line)로 삼으리라."(이사 28,17).

지성에 대하여

하느님을 두려워하는 것이 지식의 출발입니다.

— 잠언 1,7

지식과 지성

대학을 지성의 전당이라고 한다. 대학생이 지금처럼 많지 않았던 6, 70년대만 해도 대학에 진학하면 그때부터 지성인이라는 경칭이 붙여지고 대우받던 시절이 있었다. 지성인의 사전적인 의미는 '높은 지식과 지능을 갖춘 사람'을 의미한다. 지성인과 함께 자주 사용되는 말이 지식인이다. 지식인의 사전적 의미는 '일정한 수준의 지식과 교양을 갖춘 사람'이다.

두 단어의 의미가 비슷한 점이 많아 때에 따라 상호 교환적으로 사용되는 것처럼, 지성(intelligence)과 지식(knowledge)도 자주 혼용되기도 하고 때로는 같은 의미로 사용하기도 하지만, 이 둘은 엄연히 다른 개념이다.

　지식은 어떤 대상에 대해 배워서 알게 된 것 혹은 경험을 통해 획득한 인식이나 이해를 의미하는 반면, 지성은 새로운 것을 학습하고 이해하는 능력, 습득한 지식을 새로운 상황에 적용할 수 있는 능력을 말한다. 지식이 단편적이고 사실적인 인식 체계를 바탕으로 하는 반면, 지성은 습득한 지식을 기반으로 이를 종합적으로 새로운 인식 체계로 확장하는 능력이며, 이성적 판단과 때로는 실천적 행위를 필요로 하는 개념이다.

　지식은 우리말로 '앎', 혹은 '아는 것'으로 표현할 수 있다. 영어로는 일반적으로 knowledge라고 하며 understanding으로도 번역된다. 라틴어로 지식은 스키엔티아(scientia)라고 하는데, 과학을 뜻하는 science는 지식이라는 말 스키엔티아에서 유래한 것이다. 인간은 본성적으로 자신을 비롯하여 자신이 놓인 주위 대상에 대해 알고 싶어 한다.

　지식을 추구하는 인간, 알고 싶어 하는 인간의 본성은 호모 사피엔스(Homo sapiens, 라틴어로 '현명한 사람')라는 학명(學名)이 붙은 것처럼, 다른 동물들과 구별되는 인간의 고유한 특성이기도 하다.

　인간의 끊임없는 호기심은 지적 욕구를 자극하고 이는 끊임없는 지식 탐구로 이어져 왔고, 분야별 학문 영역으로 정립되어 발전해 왔다. 인간의 지식은 넓게는 인간에 관련된 지식의 체계인 인문과학(humanities), 인간이 생활하는 사회와 관련된 지식 체계인 사회과학(social science), 그리고 인간을 둘러싸고 있는 자연에 관한 지식 체계인 자연과학(natural science) 등으로 나뉘고, 시간이 흐르면서 더 세분화한 지식 체계를 갖춘 학문 영역으로 발전해 오고 있다.

지식 기술자와 지성인

오늘날 우리 사회의 심각한 문제점으로, 지식인은 많으나 지성인은 부족하다는 점이 자주 지적된다. 지식은 유용한 것이지만 지식의 사용이 편협한 사고와 배타적 이익에 갇힐 때, 지식인은 한낱 기술자에 머물게 되고 만다. 앞서 설명했듯이, 지성은 지식을 바탕으로 인식의 범위를 외부로 확장해 가는 지식인의 능력을 말한다. 하지만 이 과정에서 필연적으로 공동체—작게는 가정에서부터 사회, 국가, 범인류에 이르기까지—에 대한 관심을 수반하고 때로는 실천적 행위를 요청받게 된다.

최근 발생한 가상화폐 금융사고는 우수한 두뇌를 자랑하며 최고의 고등학교와 대학을 마친 젊은이가 남들보다 앞선 컴퓨터 이론과 금융 지식을 단지 남을 현혹하고 속이기 위한 수단으로만 사용한 지식 기술자의 반지성적 사건이었다.

지성은 영성과 함께해야 튼튼해진다

우리가 추구하는 지식이 한낱 기술 수준에 머물고 한 차원 높은 지성으로 발전되지 못하면, 우리가 애쓰는 지식의 탐구는 기껏해야 지적 유희에 불과하다. 영성의 뒷받침이 없는 지성은 모래 위에 지은 성과 같이 허약해질 수밖에 없다. 지성인의 필요조건이 반드시 종교를 가져서 영성적인 사람이어야 한다는 말은 아니다. 또 높은 지성에 도달하기 위해서는 뛰어난 영성가가 되어야 한다는 말도 아니다. 인간이 높은 지식을 쌓아 아무리 그 해박함을 자랑해도 지식으로 발견하는 원리와 법칙 뒤에는 창조주의 권능이 존재한다는 사실을 깨달아야 한다. 지혜서는 그것을 말해준다.[24]

이슬람의 가장 권위 있는 철학자로 중세 기독교 철학에도 큰 영향을 미친 알 가잘리(Al-Ghazali, 1058~1111)는 진정한 지식은 창조주로부터 나오는 것이며, 이 지식에 접근하기 위해서는 무엇보다 겸손해야 한다는 것을 강조한다. 토마스 아퀴나스

---

24 지혜서 13장 9절, "세상을 연구할 수 있을 만큼 많은 것을 아는 힘이 있으면서 그들은 어찌하여 그것들의 주님을 더 일찍 찾아내지 못하였는가?"

아인슈타인은 "종교가 없는 과학은 절름발이이고 과학이 없는 종교는 눈먼 장님과 같다"고 말하여, 지식과 종교 간의 영성적 함의를 표현하였다.

(St. Thomas Aquinas, 1225~1274)는 "인간이 어떤 진리를 알기 위해서는 신의 도움이 필요하며, 지성은 신의 감동을 받아 행동할 수 있다."고 믿었다. 아인슈타인은 "종교가 없는 과학은 절름발이이고 과학이 없는 종교는 눈먼 장님과 같다(Science without religion is lame, religion without science is blind)"고 말하여, 지식과 종교 간의 영성적 함의를 표현하기도 하였다.

그는 1941년 에세이에서 이렇게 적었다.

"나의 종교는 우리의 연약한 생각으로도 인지할 수 있도록 아주 작은 것에도 나타나는 무한한 초월자를 향한 겸손한 찬미입니다."

"My religion consists of a humble admiration of the illimitable superior spirit who reveals himself in the slight details we are able to perceive with our frail and feeble minds."[25]

•

25 *The Private Albert Einstein*, 1992, Peter A. Bucky and Allen G. Wakland, p. 86. 아인슈타인(Albert Einstein, 1879~1955)은 우주의 조화와 질서를 신과 동일시한 유대인 철학자 스피노자(Baruch Spinoza, 1632~1675)의 사상에 크게 영향을 받았고, 유대교 전통을 배경으로 범신론적(pantheism) 종교관을 가졌다.

아빌라의 성녀 데레사

정신기도란 우리가 하느님에게 사랑받고 있다는 것을 알면서 그 하느님과
단둘이서 자주 이야기하면서 사귀는 친밀한 우정의 나눔이다.

— The Life of the Holy Mother Teresa de Jesús 8, 5—[26]

영혼의 성(Castillo Interior)

대학도시 살라망카(Salamanca)를 뒤로 하고 드디어 데레사
성녀가 태어난 도시 아빌라(Avila)로 향하였다. 아빌라는 살라
망카에서 버스로 대략 1시간 남짓 걸리는 곳으로, '성인들의
도시'라 불리는 아름다운 중세 도시이다. 평원을 달려 도시가
가까워지면 먼저 아빌라시를 둘러싼 성곽이 눈에 들어오기 시

•

26 정신기도(oración mental)는 묵상기도로 번역되기도 하나 묵상기도를 포함
하는 더 넓은 개념으로 구송기도(oración vocal) 외의 모든 기도를 포함하는
개념으로 성녀가 강조했던 기도라 할 수 있다.

작한다.

어릴 때부터 신심이 깊었던 데레사 성녀는 성곽으로 둘러싸인 이곳 작은 마을에서 유년 시절을 보낸다. 1535년 19세 때에는 아빌라의 강생 가르멜 수녀원(엔까르나시온 수도원, Monasterio de la Encarnación)에 입회한다. 자라면서부터 성녀에게 친숙했던 '아빌라의 성(城)'은 훗날 7개의 궁방(宮房, morada, mansion)으로 이루어진 '영혼의 성(城)'에서 우리 인간이 하느님을 향해서 한 걸음씩 영적 여정을 밟아간다는 창작 영감을 성녀에게 주지 않았을까 상상해 본다.

데레사 성녀는 13세기에 지금의 이스라엘 북쪽 가르멜산에서 시작된 가르멜 수도회를 세속에 물들지 않는 더 엄격한 규율의 수도회로 개혁하여 가톨릭교회에 쇄신의 전기를 마련한 분이다. 성녀는 생전에 이룬 많은 업적으로 말미암아 여러 호칭으로 불리지만,[27] 성녀는 위대한 개혁가였다. 성녀가 활동하신 16세기 중반은[28] 루터가 주창하던 종교개혁의 파고가 유럽을 휩쓸면서 가톨릭교회가 크게 위협받는 시기였다. 데레사 성녀는 완전한 기도와 가난을 바탕으로 한 '맨발의 가르멜 수

●

27 성녀 데레사는 '맨발의 가르멜' 창립자, 신비가, 교회 박사, 영성 작가, 조직가, 사모(師母), 기도의 스승 등으로 불리며 존경받고 있다.
28 데레사 성녀는 1515년 태어나 1582년 생애를 마친다.

녀회'를 창설하면서 가톨릭교회의 내부를 쇄신하고 외부로부터 불어오는 반가톨릭적 종교개혁을 극복해 가신 가톨릭 수호자 중의 한 분이다.

1568년에는 십자가의 성 요한을 만나면서 '맨발의 가르멜 남자수도회'를 창설하고, 스페인 전역을 다니면서 남녀 수도원 17곳을 설립하는 등 가르멜의 개혁을 널리 확산하였다.

인생은 '어느 낯선 여인숙에서의 하룻밤'(It is only one night in a bad inn) ― St. Teresa of Jesus[29]

2024년 8월 28일 스페인 아빌라 교구는 데레사 성녀의 시신이 안치된 관을 열었다고 발표하였다. 알바 데 또르메스 가르멜회 수도원의 마르코 키에사 신부(Fr Marco Chiesa of the Carmelite Monastery of Alba de Tormes)는 '오늘 데레사 성녀의 관을 열었으며, 1914년에 마지막으로 열었을 때와 같은 상태임을 확인하였다.'라고 발표했다. 성녀가 선종하신 후 거의 5세기가 지난 오늘까지 시신이 여전히 부패하지 않고 있다는 것은 놀라운 일이 아닐 수 없다.

●

29 St. Teresa of Jesus, *The Way of Perfection*, London, Thomas Baker, p. 277.

"
'낯선 여인숙에서의 하룻밤'으로
우리의 인생을 비유하신 데레사 성녀는
자서전에서 천사의 불화살에 심장이
꿰뚫리는 신비한 경험을 고백하였다.
"

알바 데 또르메스 수도원은 아빌라로 향하던 성녀가 선종한 곳이다. 성녀의 심장과 오른팔이 보존되어 있는 데레사 성당은 전 세계로부터 많은 순례객들이 찾아오는 장소이다.

성녀는 자서전에서 천사의 불화살에 심장이 꿰뚫리는 신비한 경험(transverberation of heart)을 고백하였다(29장, 256). 성녀의 심장에서 확인된 물리적 상처는 분명 하느님이 주신 신비한 은총이며, 성녀의 영성과 사랑의 깊이를 나타내는 표시일 것이다.

'낯선 여인숙에서의 하룻밤'으로 우리의 인생을 비유하신 데레사 성녀. 필자는 인생의 덧없음을 이렇게 와닿게 표현한 문학가를 일찍이 본 적이 없다.

하느님과의 일치를 갈망하며 살다가 영원한 하늘나라에 하느님과 함께 계신 성녀 데레사여, 당신의 통공을 믿나이다. 저를 위하여 빌어 주소서. 아멘.

영혼이 맑은 사람을 위하여

마음이 깨끗한 자는 복이 있나니, 그들이 하느님을 볼 것이요.

― 마태 5,8

듣고 싶은 말

우리는 내가 한 일에 대하여 남들이 칭찬해 줄 때 기뻐한다. 사람들이 나에 대해 좋은 말을 해줄 때도 기뻐한다. 그 사람 참 지적인 사람이다. 아는 것이 많다. 배울 점이 많다. 이런 말도 듣기 좋은 말이다. 겸손하다는 말도 듣기 좋다. 남을 배려할 줄 아는 사람이라거나 참 인간적인 사람이라는 말도 기분 좋은 말이다. 하지만 모든 사람들로부터 똑같이 좋은 말을 듣기는 쉽지 않다. 어떤 사람은 상사로부터는 좋은 사람으로 평가받으나 부하 직원들에게서는 정반대의 평가를 받는 사람이 있다. 또 아래 부하 직원들로부터는 좋은 평가를 받으나 윗 사람들은 그를 개성 강한 사람, 문제가 있는 사람으로 멀리하려는 사람도 있다. 동료들로부터는 인기 많고 좋은 친구로 평가되나 진작 중요한 일에서는 자주 제외되고 무시되는 호구(虎口)로 취급되는 사람도 있다.

우리는 일생 살아가면서 다른 사람으로부터 여러 상황에서 다양한 형태로 일종의 평가를 받으며 살아간다. 평가는 항상 두렵다. 교수 생활을 마치면서 내가 느낀 자유는 연구의 중압감에서 해방된 것, 그리고 학생들로부터 더 이상 강의 등으로 이런저런 평가를 받지 않아도 된다는 안도감이었다. 노년의 나이에 이르니 나에 대한 사람들의 평가는 어떠했는지, 나는 괜찮은 사람이었는지, 하는 생각으로 과거를 되돌아보는 일이 많아졌다. 특히 나와 가까운 사람들인 가족과 자식들에게 어떤 모습으로 나를 남겨야 하나, 평가받을 생각을 하면서 다시 긴장하기도 한다.

영혼이 맑은 사람

오래전에 읽었던 소설 『천국의 열쇠(The Keys of the Kingdom)』가 생각난다.[30] 주인공 치점 신부는 겉모습도 볼품없

30 영국 작가 크로닌(A. J. Cronin)이 1941년 발표하여 전 세계의 많은 독자들

고 출신 배경도 변변치 못하다. 이 소설은 제2차 바티칸 공의회(1962~1965년)의 전통과 격식이 중시되고 다소 폐쇄적이었던 가톨릭교회의 분위기를 배경으로 전개된다.

자유주의적이고 타 종교에도 열린 마음을 지닌 그는, 사제가 된 후 많은 갈등과 어려움을 겪는다. 애초에 출세나 명성을 얻는 일에는 관심이 없던 그는 오지인 중국으로 파송된다. 치점 신부의 초라한(?) 모습은 화려한 배경 속에 주교의 자리에 오르는 동기 안셀모 신부가 이곳을 시찰하는 장면에서 극적으로 대비된다.

이 소설에서 가장 감동적이었던 장면은, 치점 신부가 있는 성당에 합류한 귀족적 배경을 가진, 매사에 도도함과 오만함을 보이던 베로니카 수녀가 마지막에 치점 신부를 찾아와 울면서 고백하는 장면이었다. "저는 지금까지 누구를 존경해 본 적이 없습니다. 신부님, 당신은 너무나 아름다운 영혼을 가지신 분입니다."[31]

인간에 대한 찬사 중에서 '영혼이 맑은 사람'이라는 말보

●

을 감동하게 한 불후의 명작이다.

[31] *The Keys of the Kingdom*, The Ryderson Press, Toronto, 1941, IV, P. 229. 원작에는 the finest spirit로 되어 있는데 fine은 '맑다', '순수하다', '불순물이 섞이지 않다'라는 의미이다.

영혼은 하느님이 인간에게만 주시는 선물이다.
인간은 태어나면서 하느님으로부터 받은 영혼과
함께 살아간다.

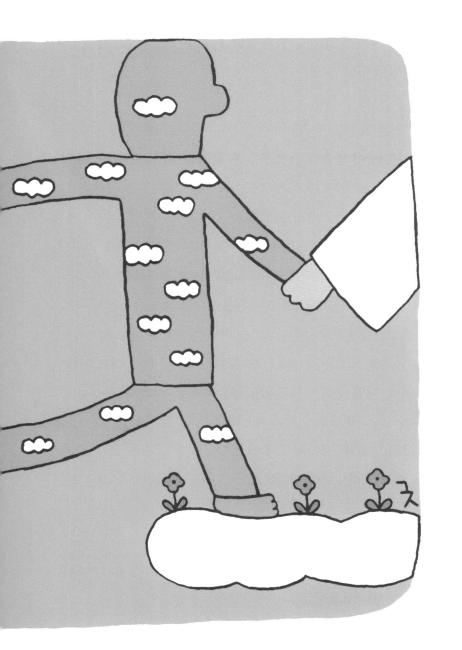

다 더한 찬사가 있을까. 영혼이 맑다는 말은 진정 진한 감동을 주는 말이 아닐 수 없다.

'영혼이 맑다'는 뜻

인간만이 영혼을 가진 유일한 생명체이다. 하느님이 인간을 만드실 때 먼저 육체를 만드시고 나서 영혼을 불어넣으셨다. 흙의 먼지로 사람을 빚으시고, 그 코에 생명의 숨을 불어넣으시니, 사람이 생명체가 되었다(창세 2,7). 육체는 인간이 죽으면 없어지나 영혼은 없어지지 않고 다시 하느님께 돌아간다. "먼지는 전에 있던 흙으로 되돌아가고, 목숨은 그것을 주신 하느님께로 되돌아간다"(코헬 12,7). 여기서 '생명의 숨(breath of life)'으로 또 '목숨(spirit)'으로 표현된 것이 바로 '인간의 영혼'이다. 해당 구절의 그리스어 성경에는 둘 다 프뉴마(πνεῦμα, pneuma)로 표현되고 있는데, 이 말은 '숨', '호흡'을 뜻하는 고대 그리스 말이다.[32]

영혼은 하느님이 인간에게만 주시는 선물이다. 인간은 태

●

32 루카 1, 46-47. 마니피캇(Magnificat, 마리아의 노래)에서 프쉬케(soul)를 영혼으로, 프뉴마(spirit)를 마음으로 나타내고 있다. 프쉬케는 숨 그 자체보다 살아 있는 것, 마음이란 의미를 나타내기도 하나 두 단어는 자주 교환적으로 사용되고 있다.

어나면서 하느님으로부터 받은 영혼과 함께 살아간다(물론 그것을 깨닫지 못하거나 애써 부정하면서 살아가는 사람들도 있지만).

"신은 우리가 신께 자유롭게 다가가고, 그를 보고, 그와 가까이 있도록 하였습니다. 그것은 처음부터 우리를 위한 그의 계획이었습니다. 원래의 순수한 상태에서는 가면을 쓰거나, 계략을 꾸미거나, 나를 숨기려 할 필요도 없었습니다. 모든 것이 깨끗하고 순수했습니다."[33]

우리는 살면서 잘못된 선택을 하기도 하고, 알면서 잘못을 저지르기도 한다. 시간이 흐르면서 영혼은 애초의 순수한 모습에서 죄에 물들어 타락하여 부패하고 더럽혀진다. '영혼이 맑다'는 말은 하느님이 처음 주신 영혼의 순수함을 간직하고 있다는 의미이다.

하느님, 저의 죄를 용서하시고 유혹에 빠지지 않게 하시고 악에서 구하소서. 아멘.

●

33   2015.1.31. 성 요한 보스코 기념일에 교황 프란치스코.